百部红色经典

革命烈士诗抄

李大钊等 著

北京联合出版公司
Beijing United Publishing Co.,Ltd.

图书在版编目（CIP）数据

革命烈士诗抄 / 李大钊等著. -- 北京：北京联合
出版公司，2021.7（2025.5重印）
（百部红色经典）
ISBN 978-7-5596-4880-8

Ⅰ.①革…　Ⅱ.①李…　Ⅲ.①诗集－中国－现代
Ⅳ.①I226

中国版本图书馆CIP数据核字(2020)第267077号

革命烈士诗抄

作　　者：李大钊等
出 品 人：赵红仕
责任编辑：李艳芬
封面设计：王　鑫

北京联合出版公司出版
（北京市西城区德外大街83号楼9层 100088）
北京新华先锋出版科技有限公司发行
三河市宏达印刷有限公司印刷　新华书店经销
字数172千字　787毫米×1092毫米　1/16　14印张
2021年7月第1版　2025年5月第5次印刷
ISBN 978-7-5596-4880-8
定价：49.00元

出版前言

为庆祝中国共产党成立100周年，全面展现中国共产党成立以来中华民族辉煌的发展历程、取得的伟大成就和宝贵经验，集中体现中华民族的文化创造力和生命力，北京联合出版公司策划了"百部红色经典"系列丛书，希望以文学的形式唱响礼赞新中国、奋斗新时代的昂扬旋律。

本套丛书收录了近一百年来，描绘我国人民在中国共产党的领导下艰苦奋斗、开拓创新、改革开放的壮美画卷，充分展现我国社会全方位变革、反映社会现实和人民主体地位、弘扬社会主义核心价值观、讴歌中华民族伟大复兴中国梦的100部文学经典力作。

本套丛书汇集了知侠、梁晓声、老舍、李心田、李广田、王愿坚、马烽、赵树理、孙犁、冯志、杨朔、刘白羽、浩然、李劼人、高云览、邱勋、靳以、韩少功、周梅森、石钟山等近百位具有代表性的中国现当代著名作家。入选作品中，有国民革命时期探索革命道路的《革命的信仰》《中国向何处去》，有描写抗日战争的《铁道游击队》《敌后武工队》《风云初记》《苦菜花》，有描绘解放战争历史画卷的《红嫂》《走向胜利》《新儿女英雄续传》，有展现新中国建设历程的《三里湾》《沸腾的群山》《激情燃烧的岁月》，有寻找和重建民族文化自信的《四面八方》，也有改革开放后反映中国社会现状、探索中国道路的《中国制造》，同时还收录了展现革命英雄人物光辉事迹的《刘胡兰传》《焦裕禄》《雷锋日记》等。

本套丛书讲述了丰富多样的中国故事，塑造了一大批深入人心的中国形象，奏响了昂扬奋进的中国旋律。这些经历了时间检验的文学作品，在艺术表现形式、文学叙述方式和创作技巧等方面都具有开拓性和创造性，作品的质量、品位、风格、内涵等方面都具有很高的水准，都是有筋骨、有道德、有温度的优秀作品，很多作家的作品都曾荣获"五个一工程奖""茅盾文学奖""鲁迅文学奖""国家图书奖"等奖项。

为将该套丛书打造成为集思想性、艺术性、时代性为一体，展现新时代文学艺术发展新风貌的精品图书，北京联合出版公司成立了由出版界、文学艺术界的资深专家和学者组成的编辑委员会。他们从文学作品的历史价值、文学价值、学术价值、现实意义等维度对作品进行了深入细致的研读和筛选，吸收并借鉴了广大读者的意见与建议，对入选作品进行深入细致的分析与综合评定，努力将"百部红色经典"系列丛书打造成为政治性、思想性和艺术性和谐统一的优秀读物，向伟大的中国共产党成立100周年这一光荣的日子献礼！

目 录

第一篇　哀民生，叹时局

心中为念农桑苦，耳里如闻饥冻声

第二篇　疾奔走，共抗敌

苟利国家生死以，岂因祸福避趋之

第三篇　处囹圄，守大节

千磨万击还坚劲，任尔东西南北风

第四篇　歌死志，铸忠魂

人生自古谁无死，留取丹心照汗青

第五篇　忆韶华，缅音容

锦瑟无端五十弦，一弦一柱思华年

第一篇

哀民生，叹时局

心中为念农桑苦，耳里如闻饥冻声

李大钊

诗一首

　　玉泉流贯颐和园墙根，潺潺有声，闻通三海。禁城等水，皆溯流于此^①。

　　　　殿阁嵯峨接帝京^②，
　　　　阿房当日苦经营^③。
　　　　只今犹听宫墙水，
　　　　耗尽民膏是此声。

[作者简介]

　　李大钊（1889—1927）：字守常，河北乐亭人。中国最早的马克思主义者，中国共产党主要创始人之一，新文化运动和五四运动的发起者和领导者。曾任北京大学教授，北京大学图书馆主任，《新青年》杂志编辑。

　　1927年4月6日，奉系军阀张作霖与帝国主义势力勾结，拘捕了李大钊同志。在监狱中，李大钊备受酷刑但意志坚定，不肯屈服。4月28日，在经历20多天的摧残后，李大钊被反动军阀用绞刑杀害，时年38岁。遗著有《李大钊文集》等。

[注释]

①玉泉：北京西郊玉泉山泉水，流经颐和园，明时即为"燕京八景"之一，为明清两代宫廷用水水源。三海：指北京城内的北海、中海、南海，合称三海，始建于辽金时代，是封建统治者的皇家园林，三海中的水皆自玉泉而来。

②殿阁：指颐和园中的宫殿楼阁。嵯峨：山势高峻，这里指高大的样子。接帝京：与北京城接近。

③阿房：指阿房宫，秦始皇耗费巨大的人力、物力建造阿房宫。此处暗指慈禧太后为做寿，把原本用来建设海军的经费拿去建造颐和园，由此清朝海军力量被大大削弱，这是导致甲午海战溃败的重要原因之一。

[解读]

目睹玉泉潺潺有声的流水，望着极尽奢华的颐和园，作者触景生情，想起当年秦始皇建造阿房宫给人民带来的深重苦难；而今再看，这巍峨的宫殿楼阁，这为封建统治者而流动的泉水，何尝不是耗尽了民脂民膏？

作者将颐和园和阿房宫作对比，将玉泉的流水声比成耗尽民力的声音，表达了对封建统治者穷奢极欲的愤慨，以及对穷苦百姓的深切同情。

郭 亮

问问社会

一个奇怪的问题，
举人秀才都说"不值一提"①，
教书夫子也说是"普通道理"②，
可是，他们一概不知！

富人的米是从哪里来的？
为什么种谷人把谷担进富人的仓里？
问问社会，是何道理？

富人的房屋是从哪里来的？
为什么贫人造屋富人安居？
问问社会，是何道理？

富人的衣裳是哪里来的？
为什么种棉织布人衣不遮体？

问问社会，是何道理？

人们同活在一个世界，
为什么贫富不一？
问问社会，知也不知？

[作者简介]

郭亮（1901—1928）：又名靖笏，湖南长沙人。中国共产党党员，工人运动领袖。曾任湖南省工团联合会总干事，湖南省总工会委员长，中共湖南省委委员兼工农部部长等职务。

1928年3月27日，因叛徒告密，郭亮在岳阳被捕，29日在长沙英勇就义，时年27岁。郭亮遇害前给妻子李灿英留下遗书："望善抚吾儿，以继余志！"充分体现了他大无畏的革命精神和至死不渝的忠诚。

[注释]

①举人：明清时期称乡试合格者为举人。秀才：明清时期在府、县官办教育机构学习的生员通称为秀才，也泛指读书人。
②夫子：旧时学生对老师的称呼。

[解读]

郭亮在长沙市铜官东山寺高小学堂读书时，便好学多思、敢于发言，他因对社会不满而写出这首诗，揭露了当时社会的不公平现象，体现了平民百姓生活的疾苦，同时也表达了对于压迫者的愤怒。

这首新体诗语言平实、通俗易懂，通篇一直在提问却没有给出答案，然而答案昭然若揭，即不公平的社会分配与贫富差距悬殊，导致了人民生活在水深火热之中。

刘象明

宝 塔 诗[①]

哼

农民

好伤心

苦把田耕

养活世间人

看世上的人们

谁比得我们辛勤

热天里晒得黑汗淋

冷天里冻得战战兢兢[②]

反转来要受人家的欺凌

请想想这该是怎样的不平

农友们赶快起来把团体结紧

结紧了团体好打倒那土豪劣绅

刘象明（1904—1928）：湖北麻城人，中国共产党党员，农民运动的组织者和领导人之一。筹备麻城县农民协会，并担任委员长。麻城县委成立后，任县委委员，领导全县农民运动。

1928年5月初，刘象明在汉口龙家巷打听省委消息时被捕，敌人对他用尽各种酷刑，企图逼迫他说出麻城地下党员的名单。但他始终坚贞不屈，敌人遂将其残忍杀害，时年24岁。

[注释]

①宝塔诗：原称"一七体诗"，是杂体诗的一种，顾名思义，这类诗形如宝塔，呈等腰三角形样式，最早起源于隋朝，因其形式别致新颖，直至近代以来，仍有很多人采用这种形式创作诗歌。

②战战兢兢：原指因恐惧而发抖，这里指因寒冷而发抖。

[解读]

刘象明在领导麻城农民运动期间，曾创作大量革命诗歌，这些革命诗歌，用词简练流畅，词句浅显易懂，易于传播，对农民运动起到积极的推助作用，对宣传反帝反封建思想产生广泛影响。这首《宝塔诗》是他革命诗歌的代表作。

本诗语言通俗易懂，直白地写出了农民的悲惨生活，表达出作者对于农民的深切同情。更胜在形式新颖别致，引人注目，能够在第一时间引起读者的阅读兴趣，本诗发表后，深得农民群众的喜爱，极大地促进了农民运动的发展。

俞昌准

谁是主人翁

食粮堆积得如山的仓库，
货物垒集得充盈的楼房，
堆集它的是工农的血和汗，
然而冻饿以死在遍野的，
都是他们的骨肉亲房①！

峨峨巍巍的大厦，
辉煌灿烂的华堂，
建筑它的是工农的血和汗，
然而浊秽黑魆的茅棚里，
都是囚着他们的弟兄行帮！

是谁该支配着那栈房仓库②？
是谁在享受着那大厦华堂？
劳苦的工农大众们哟！
我们要打倒那剥削我们的资本家，

我们要争取做世界的主人翁！

1927 年 6 月 8 日

[作者简介]

俞昌准（1907—1928）：安徽省南陵人，中国共产党党员。曾在上海大学社会系就读，其间受到于该校任教的共产党人邓中夏、瞿秋白等人影响，接受马克思主义理想。1925 年秋，加入中国共产主义青年团，次年加入中国共产党。先后曾任中共南陵县特别支部宣传委员兼秘书、中共芜湖特支书记、中共怀宁县委委员等职。创办《沙漠周刊》，宣传马克思主义，揭露国民党反动派的罪恶行径。

1928 年 11 月 22 日，他因叛徒出卖而被捕；1928 年 12 月 16 日，俞昌准被国民党杀害于安庆北门外刑场，年仅 21 岁。难友带出他在狱中写下的两行字："我知必死，望慰父老。""碧血今朝丧敌胆，丹心终古照亲人。"

[注释]

①亲房：血统较近的同宗族成员共建祠堂，则互称亲房。
②栈房：存放货物的地方；仓库。

[解读]

在当今社会，人人都可以拥有温饱生活，而在百年前的中国，穷富差距之大是超乎想象的。底层的人民过着没有温饱的生活，作者用他的笔记录下了那个时代。

一边是堆积如山的粮食与货物，一边是冻死饿死在荒野的穷苦百姓；一边是建筑华美、灿烂辉煌的大厦，一边是肮脏黢黑的茅棚。作者用贴近现实的笔触写出了富人与穷人的对照，生动形象地表现了劳动人民生活在怎样的水深火热之中，表达了高尚的反抗精神与强烈的主人翁意识。

占谷堂

感军阀混战民不聊生口占一首①

茫茫四州起战争②,
苍生何日晓升平③。
大江一把狂浪起,
斩尽妖魔济众生。

[作者简介]

占谷堂（1882—1929）：安徽金寨人，中国共产党党员。他深入农村，一面从事教育工作，一面广泛动员人民群众开展革命活动。曾任鄂东北特委书记兼商城县中心县委书记、红军独立十一师政委等职。

1929年7月红军部队调走后，占谷堂坚持留在地方斗争。因坏人告密而被捕，后被国民党反动派残忍杀害，时年47岁。

[注释]

①口占：指即兴作诗词，不打草稿，随口吟诵出来。

②四州：这里泛指中国各地。

③升平：太平。

[解读]

1924 年，占谷堂在河南固始志成小学任教员，他经常根据时事发表评论。这首诗便是他谈及军阀混战、民不聊生时，随口吟诵出来的。面对中国大地上军阀混战的乱象，人民期盼和平却不知道和平什么时候到来。

该作品体现了作者忧国忧民的情怀，表达了作者对和平的向往。另外，将共产党比喻成大江之中的狂浪，表现出作者坚信，共产党一定会成功将妖魔斩尽，救人民于水火之中。

彭 湃

歌 一 首

山歌一唱闹嚷嚷，农民兄弟真凄凉！
早晨食碗番薯粥，夜晚食碗番薯汤。
半饥半饱饿断肠，住间厝仔无有梁①。
搭起两间草寮屋②，七穿八漏透月光。

[作者简介]

彭湃（1896—1929）：广东海丰人，中国共产党党员，中国早期农民运动领导人之一。广东海陆丰苏维埃政权创始人。被誉为"农民运动大王"。曾任中共广东省委委员、中共中央政治局委员、中共中央军委委员、中共江苏省委军委书记等职。

1929 年 8 月，由于叛徒出卖，不幸被捕。在上海龙华监狱中，他不屈不挠，顽强斗争。8 月 30 日，彭湃与战友高唱《国际歌》，英勇牺牲，时年 33 岁。遗著有《海丰农民运动》。

①厝（cuò）仔：方言，指小房子。
②草寮（liáo）屋：寮，指小屋；草寮屋，即小的草屋。

[解读]

彭湃被誉为"农民运动大王"，他曾深入农村，了解农民生活的真实情况。面对底层人民的困苦生活，他内心的正义被激发，他曾领导海陆丰农民起义，是中国共产党农民起义第一人。

在这首诗中，作者用通俗易懂的语言描述了农民生活的疾苦，表达了作者对吃不饱、住不好的农民同胞的同情，体现了作者对人民的热爱。全诗虽没有慷慨激昂的语句，却暗含着作者革命的决心。

唐 克

诗一首

室内操戈南北分^①，
连年战争总纷纭。
军阀自己争权利，
不念国来不念群。

[作者简介]

唐克（1903—1930）：湖南零陵人，中国共产党党员。曾在黄埔军校就读，在校期间，加入中国共产党，参加革命组织"火星社"。曾任北伐军第十军第四师第十二团政治指导员、中国工农红军第八军军部顾问兼政治学校大队长等职。

1930年3月18日为对抗军阀斗争被捕，次日即被杀害，时年27岁。

[注释]

①操戈：执戈，拿起武器。南北分：1917 年，徐州军阀张勋北上，逼迫黎元洪解散国会，欲拥溥仪复辟帝制，企图破灭后，段祺瑞组织政府，他不遵守孙中山领导制定的约法，企图依仗帝国主义的支持，统一中国。孙中山随后进行护法运动，在广州组织军政府，对抗段祺瑞，自此南北分裂，发生多次战争。

[解读]

唐克 6 岁时就在村内私塾就读，得到了良好的启蒙教育。学生时代，他喜读进步刊物，受到了革命思想的熏陶，关心国家大事，立志报效国家。

这首诗是唐克学生时代写的，在诗中，作者痛斥军阀不体恤百姓生活在战火之中，只为自己的利益而斗争，体现了作者对和平的渴望以及对人民的同情，表现了作者忧国忧民的情怀。

张锦辉

诗 一 首

团丁本是工农们[①]，
苦食苦穿家里贫。
土豪劣绅来骗你，
打生打死保别人。
你也穷来我也穷，
穷人痛苦一般同。
团丁要想除痛苦，
快快起来助工农。

[作者简介]

张锦辉（1915—1930）：福建永定人，中国现代十大少年英雄之一，土地革命时期党的青年宣传员，永定地区著名红色歌手。

1930年5月，张锦辉随宣传队到西洋坪村开展工作，将红歌唱响整个村庄，后被敌人发现，因不愿连累群众不肯躲入群众家中，不幸被捕。尽管敌人施尽酷刑，她仍然咬紧牙关，不肯屈服。5月16日，张锦辉被敌人杀害，年仅15岁。

[注释]

①团丁：旧时团练中的壮丁。

[解读]

张锦辉的堂兄张鼎丞是中共党员，受堂兄影响，张锦辉从小便知道很多革命道理，十几岁就参加革命宣传队，用唱歌的方式向农民宣传革命道理。

这首诗里强调在团练中的壮丁，其实也是工农民众，大家都是一样的穷苦，受了土豪劣绅诓骗，累死累活地工作只不过是为了满足他们的私欲，而工农的生活却没有得到改善。想要改变这种现状，唯有团结起来参加革命才可以。这首诗语言质朴、通俗易懂却极具感染力，能够以最快的速度达到传播效果，并且以简单的语句表达出革命的宗旨，易于为团丁、工农们理解和接受。

王金林

把地主坏蛋一扫光

莫打鼓来莫打锣，听我唱个农民歌：
提起农民真正苦，流血流汗养地主。

提起农民真可怜，家中没有半亩田，
苛捐杂税租子完①，妻子儿女不团圆。

提起农民真伤心，一年只挣三块钱，
不够吃来不够穿，他说农民无算盘。

土豪劣绅实在坏，逼迫穷人女儿卖，
卖女儿来哭哀哀，眼泪汪汪往下筛。

农民苦来实在苦，地主吃细我吃粗②，
手提钢刀和快枪，把地主坏蛋一扫光。

[作者简介]

　　王金林（1903—1931）：安徽广德人，中国共产党党员。曾在安徽省立第二甲种农业学校就读，毕业后回广德县任教，后任国民党广德县党部农民部长，他号召打倒土豪劣绅，铲除贪官污吏，招致忌恨，被迫出走。1928年考入省立安徽大学政治系，受进步人士影响，加入中国共产党，是安庆学生运动领导人之一。曾任中国工农红军皖南独立团团长。

　　1931年，由于叛徒告密被捕，面对敌人的种种折磨，王金林毫无惧色，视死如归，严守党的机密。同年11月11日，王金林被杀害于广德城北凤凰堆上，时年28岁。

[注释]

　　①苛捐杂税：在规定的税收之外，额外增加的繁重的税。租子：旧时地主向农民收取的地租。
　　②细：细粮，加工后的成品粮，泛指白面和大米等食粮；这里指地主吃的都是细粮。粗：粗粮，区别于细粮，玉米、高粱、豆类都属粗粮；穷人没钱，只能吃粗粮。

[解读]

　　王金林出身于农民家庭，幼年丧父，家境贫寒，从小他便清楚地知道农民所遭受的不公平的压迫，所以当他有能力的时候，便积极号召打倒土豪劣绅，铲除贪官污吏；当他意识到国民党并不能真正地解放农民的时候，他便加入中国共产党，并为了党的革命事业献出自己宝贵的生命。

他的这首诗对农民受压迫的生活进行了细致的描写，语言平实，感染力强。农民流血流汗，却不够吃、不够穿，最终只能把女儿卖出去，这样详尽描述农民受压迫下的艰苦生活，易于引起农民的共鸣，号召农民参加革命，进行反抗。

黄 励

工 人 苦

北风呼呼声怒嚎①，
手提饭篮往外跑，
望一望工厂未到，
哎哟，哎哟！望一望工厂未到。

马路跑过两三条，
两只脚腿都酸了，
去迟了厂门关了，
哎哟，哎哟！今天工钱罚掉了。

[作者简介]

黄励（1905—1933）：湖南益阳人，中国共产党党员。从小聪明好学、成绩优异，曾在长沙衡粹女子职业学校、武昌中华大学文科读书，加入中国共产党后，被组织送到苏联莫斯科中山大学培养深造。曾任全国济难互济总会党团书记兼主任、中共江苏省委组织部部长。

1933年4月25日，因叛徒告密，黄励被捕。在狱中，她坚贞不屈，并积极发展思想进步的人向组织靠拢。同年7月5日，在南京雨花台被敌人残忍杀害，时年28岁。

[注释]

①北风：在冬季，我国大部分地区刮西北风。北风有苦寒之意，突出了天气的寒冷。

[解读]

1931年10月，黄励由苏联回到上海，担任全国济难互济总会的组织与领导工作，营救被捕的同志，救济烈士和坐牢的同志的家属。她经常深入工厂，广泛接触工人群众，教工人的孩子唱自己编的歌谣。这首《工人苦》便是其中的一首。

这首《工人苦》，刻画了工人生活中的一个小片段——上班迟到，有动作描写，也有心理描写，通过天气的寒冷、腿脚的酸痛，以及因迟到而被罚掉工钱这些细节，体现了工人所处环境的艰苦。这类歌谣孩子们喜欢唱，大人也爱听，传播很广，发挥的宣传效果也很好。

钱 毅

墙 头 诗①

解放区人民逢人就笑②，
敌伪区人民眼泪滔滔③，
大后方人民伸不直腰④，
请看！哪个地方好？

[作者简介]

钱毅（1925—1947）：原名钱厚庆，安徽芜湖人，中国共产党
党员。抗战初期在上海读书时便积极参与抗日活动，1941年奔赴
新四军，在一师一旅服务团剧组、三师鲁迅艺术工作团从事戏剧
工作，后担任《盐阜大众报》副主编和新华社盐阜分社特派记者。

1947年在苏北淮安县石塘区采访时被俘，敌人对他百般折磨，
要求他放弃共产主义信仰。他拒不屈服，被敌人残忍杀害，年仅
22岁。

①墙头诗：印成传单在街头散发或发表在街头墙上的诗，多半反映现实问题。

②解放区：推翻反动统治，建立人民政权的地区。在本诗中，指由中国共产党从敌伪统治和国民党统治下解放出来的地区。

③敌伪区：抗日战争时期日本侵略者、汉奸侵占并建立伪政权的地区。

④大后方：指抗日战争时期在国民党统治下的西南、西北地区，没有卷入战火，没有被日本人侵略。

[解读]

钱毅擅于深入群众，了解人民群众的语言。他写的作品，通俗易懂，对于传播革命思想起到了很重要的作用，这首《墙头诗》就是一首代表之作。

这首诗的语言来自人民群众，口语化极强，具有淳朴生动的特点，言简意赅地描绘了不同地区人民的生活状态，形式上短小精悍，易于念诵传播，感染力强。

沈迪群

苦竹叶[①]

苦竹叶，青又青，
家家户户要抽丁[②]。
张家抽了张大定，
石家又抽石耀廷。
张大定，石耀廷，
丢下家中老小一大群；
挨饥受饿无依靠，
哭哭啼啼有谁怜？

[作者简介]

沈迪群（1910—1949）：四川南充人，中国共产党党员。抗日战胜时期及解放战争时期在四川、重庆从事宣传工作，先后参与过《新南充报》《新蜀报》《活路》《孩歌》等刊物的出版编辑工作。

1948年8月被特务抓捕，在狱中受尽酷刑，毫不动摇。1949年11月27日夜，在反动派特务的血腥大屠杀中壮烈牺牲，时年39岁。

[注释]

①苦竹叶：苦竹的嫩叶，中药的一种，味苦，这里形容人民生活的贫苦。
②抽丁：旧时强迫青壮年去当兵。

[解读]

不管是在抗日战争时期，还是在解放战争时期，沈迪群一直从事着宣传工作。面对反动派的强权统治，他拿起战斗的笔，为劳苦大众而辛勤创作。

因为反动统治者的需要，本来是家里顶梁柱的青壮年被强迫去当兵打仗，造成了许多家破人亡的悲剧。在这首诗里，被抽中的壮丁抛下家中老小去当兵，老人、孩子生活没有了依靠，只能挨饿哭啼，其悲惨之状跃然纸上。这首诗表现了战争给人民造成的不幸，体现了作者对人民的热爱与对和平的向往。

方志敏

同 情 心

在无数的人心中摸索，
只摸到冰一般的冷的，
铁一般的硬的，
烂果一般烂的，
它①，怎样也摸不着了——

把快要饿死的孩子的口中的粮食挖出来
喂自己的狗和马；
把雪天里立着的贫人底一件单衣剥下，
抛在地上践踏；
他人的生命当馒餐，
他人的血肉当羹汤，
啮着，喝着，
还觉得平平坦坦，
哦，假若还有它，何至于这样？
爱的上帝呀！

你既造了人，

如何不给个它！

[作者简介]

方志敏（1899—1935）：原名方远镇，乳名正鹄，江西弋阳人，中国共产党党员。土地革命时期闽浙皖赣革命根据地和红十军团的缔造者，曾任赣东北省、闽浙赣省苏维埃政府主席、红十军与红十一军政治委员、中共闽浙赣省委书记等职。

1935 年 1 月在与国民党反革命军队作战中被捕。同年 8 月 6 日在南昌被国民党反动派杀害，时年 36 岁。

[注释]

①它：指同情心。

[解读]

1923 年，方志敏离开学校进入社会，从事革命活动，因躲避敌人的搜捕转移到南京，在一个小客栈里，他写下了这首诗。

这首诗以"同情心"为题，阐述寻找同情心却毫无所获，只看到富人把粮食用来喂狗和马，也不去关心快要饿死的孩子，在雪天中把穷人身上唯一的单衣剥下，抛在地上践踏取乐。作者看不到同情心的存在，甚至怀疑人们根本没有同情心。这首诗揭露了反动统治阶级对于劳动人民的残酷压榨，揭露了旧社会的罪恶，表达了作者对于劳苦大众的同情。

欧阳梅生

试 笔 诗

中国一团黑，
悲嚎不忍闻。
愿为刀下鬼①，
换取真太平。

[作者简介]

欧阳梅生（1895—1928）：湖南湘潭人，中国共产党党员。父母早亡，由祖母抚养长大。1913 年考入湖南第一师范学校。在长沙修业小学任教时开始从事革命宣传活动，后任湖南省总工会秘书长兼工人纠察队政治教员，他白天组织群众支援北伐军，晚上为工人纠察队队员上课。1927 年"马日事变"后，赴武汉组建中共汉阳县委地下机关，并任县委书记。

1928 年 2 月 12 日晚，在起草一份给省委的紧急报告时，因过度操劳而突然晕倒。次日，病逝于医院，时年 33 岁。

[注释]

①刀下鬼：死在刀下的人，这里指为革命斗争而死。

[解读]

1924 年的中国，军阀混战，战火不熄，悲痛惨状让人不忍心去看。当时的欧阳梅生虽未参加革命，但早已有革命思想，一次他买了一支毛笔，试笔时看到笔杆上刻着"太平笔庄制"几个字，而那时的中国，哪里存在太平呢？他非常愤怒，随即用刀将"太平"二字刮掉，并作了这首诗。

这首诗前两句描写了当时中国的现状，即时局动乱，百姓流离失所；后两句明志，作者表示愿用自己的牺牲去换取中国的太平，表达了作者表示高尚的爱国主义情怀。

夏明翰

童　谣

民家黑森森①，
官家一片灯②。
民家锅朝天，
官家吃汤丸。

[作者简介]

夏明翰（1900—1928）：湖南衡阳人，中国共产党党员。五四
运动爆发后，积极联络进步学生进行爱国宣传活动，担任湘南学
生联合会第三届总干事。曾在湖南自修大学学习马克思列宁主义，
后加入中国共产党。曾任中共湖南省委委员、全国农民协会秘书
长、中央农民运动讲习所秘书等职务。

1928 年 3 月 18 日，因叛徒出卖，不幸被捕。3 月 20 日清晨，
夏明翰遭国民党反动派杀害，时年 28 岁。

[注释]

①民家：普通的民众，寻常百姓家。
②官家：旧时称官吏，泛指做官的人。

[解读]

　　这首《童谣》，内容非常简单，却是当时社会环境的真实写照。民国时期电的使用还不很普遍，只有上层社会才用得起电，才能在晚上使用电灯，而贫穷的人家却没有电灯，所以说"民家黑森森，官家一片灯"，这也暗喻百姓的生活是暗淡无光的，而那些贪官污吏，他们却生活在另一个世界，一个充满着"光明"与幸福的世界，那"光明"并不是正大光明的，然而幸福的生活却是实实在在的，这一点在下一句诗中得到了很好的总结，即民家穷得锅里没米、锅碗朝天，而官家却在吃着肉丸。肉丸，在今天的生活中很常见，但在民国，却是需要手工制作的，这句话指出了官家生活的奢侈，他们拥有权力与财富，拥有用人与厨娘，能够将肉剁碎了做肉丸吃，与他们形成强烈对比的是百姓的吃不饱饭。

　　这首诗体现了作者对贫苦百姓的同情与对贪官污吏的憎恨。

曾 莱

诗四首

春

春来百花开满林，
米口袋撇紧，
无心去玩春。
工农同志要谋生，
军阀要打倒，
土豪要肃清。
同志们，下决心，
努力前进，
革命大功，
即将全告成。

夏

夏日田中谷子黄，
拌桶乒乓响①，

可望吃糙糠②。
背时军阀真堪伤，
捐款多花样，
催兵如虎狼。
挑黄谷，折苛捐，
五拖六抢，
看着看着，
抢得精光。

秋

秋来桂花满园香，
军阀又打仗，
人民遭大殃。
丘八爷，下四乡，
挑抬拉汉子，
陪睡拖女娘。
倘若不依从，
要扳要犟③，
钢枪一响，
命见无常④。

冬

冬日天寒雪花飘，
年关已将到，
心里慌又焦。
儿啼饥，女号寒，
衣服当完了，

红苕没一条⑤，
债主家中逼，
如何是好？
起来革命，
才有下场！

[作者简介]

曾莱（1899—1931）：原名曾永宗，化名蓝瑞卿，四川荣县人，中国共产党党员。学生时代便抱着救国思想，积极开展反帝、反封建、反军阀活动。曾参加广州起义，后返回家乡，在荣县、内江、梁山等县领导农民运动。

1931年秋，曾莱被隐藏在梁山中心县委的反动派内奸杀害，时年32岁。

[注释]

①拌桶：打谷用的木桶。

②粰粰：四川方言，干饭，干粮。

③扳：挣扎。犟：倔强，不听话。

④无常：佛家语，谓有无常鬼，能促人死。这里是形容人死了，见到无常鬼。

⑤红苕：即红薯，也称地瓜。

[解读]

1929 年，曾莱在内江县从事农民运动时，创作了这四首诗。

这四首写农民四季生活的诗，是作者深入农村后，根据自己亲眼所见而写的，具有强烈的现实主义气息。这四首诗，写出了农民生活的困境，不能吃饱穿暖，写出了军阀与土豪对农民的压迫，军阀催兵抢粮，兵痞强抢民女，人命如蚁，生活的苦难从春天延续到冬天，直把人逼到绝境中，而这时作者以一句掷地有声的话结束这组诗——"起来革命，才有下场！"十分震撼人心。作者在进行革命的时候，多从事宣传工作。这样的诗，写出了农民的实际遭遇，写出了农民的内心呐喊，也体现了作者对于农民不公平的现状的悲愤，读来十分感人。

许瑞芳

农人的叹声

农民苦真苦，清早去锄土，
太阳已下山，做到二更鼓①。
日光当头晒，汗如雨下注，
风吹暴雨淋，正在田间做。
水旱天灾降，深夜睡不着，
且幸秋收熟，大半交租谷。
镰刀方收藏，又要寻借户，
春荒米陡涨②，日子真难度。
官衙差警来，催粮太紧促，
团丁作威福，兵士来拉夫③，
难免将被捉，任你怎乞求，
只是空泣诉。可怜衣无穿，
补上又加补。居住太窄狭，
东倒西歪屋，四季无饱期，
时常要吃粥，儿女已长成，

怎能教他读。人们卑贱我，
道是红脚肚，一生白勤劳，
为他人造福。总是要翻身，
快去找出路，大家来团结，
别人靠不住，努力去斗争，
罢税抗租谷，个个去做工，
人人来享福。

[作者简介]

许瑞芳（1906—1934）：别名许应槐，江西崇仁人，中国共产党党员。14 岁考入江西省立第三师范学校，经常阅读《新青年》等革命刊物，思想觉悟很高。入党后积极组织工人运动、农民运动。曾带领农民武装参与南昌起义，后随大军南征广东。曾担任中共临川特支宣传干事、红四军第十师宣传科科长。

1934 年冬，随红军参加长征。队伍途经石城与敌相遇，在战斗中，许瑞芳冲锋陷阵，不幸中弹牺牲，时年 29 岁。

[注释]

①二更：旧时指 21 点到 23 点。

②春荒：指春天农村人家陈粮早已吃完，而新粮暂未成熟的时节出现的饥荒。

③拉夫：反动军队强拉民夫为其做各种杂务。

[解读]

许瑞芳在组织农民运动时，通过创作诗歌来宣传革命思想，他创作的诗歌，极大地启发了农民的觉悟，在农村地区掀起了农民抗租罢税、青年抗丁罢役的斗争浪潮，促进了革命队伍的发展壮大。

这首《农人的叹声》，道出了旧社会农民的真实心声，他们起早贪黑辛苦劳作，因为担心农作物减收而睡不安稳，但最后收来的粮食却大半交租，日子已经如此艰难，军队还要来拉夫，儿女到了上学的年纪却无书可读，也许一辈子就要在这种压迫中结束了。然而，人总要翻身的，总要寻找出路的，这条路就是去反抗、去斗争、去革命，因为只有革命，才能得到解放，才能过上幸福的生活。

阮啸仙

歌　谣

锄头不拿起，
世人皆饿死。
拿起锄头来，
打死狗地主！

[作者简介]

阮啸仙（1897—1935）：广东河源人，中国共产党党员。五四运动爆发后，他和进步学生发起组织了广东省学生联合会，组织学生爱国运动。大革命时期，在农民运动讲习所任教员，培养了很多农民运动人才。曾任广东省委农委书记、中共上海市委宣传部部长、临时中央政府执行委员、中央审计委员会主任、中共赣南省委书记兼赣南军区政委等职务。

1935 年 3 月，阮啸仙在江西牯牛岭突围战斗中英勇牺牲，时年 38 岁。

[解读]

1924 年 10 月 19 日，广东省花县（今广州花都区）农民协会暨二区农民协会同时成立，阮啸仙代表省农民协会亲临指导。他在大会上发表讲话，并用自己创作的这首诗来激励大家。

这首诗一针见血地指出了农民与地主之间的尖锐矛盾，如果不进行反抗，人就要饿死了，只有拿起锄头来，组织农民武装力量，打土豪分田地才能活下去。这首诗短小精悍，却有着极强的感染力，启发农民站出来同地主、豪绅斗争，极大地鼓舞了农民的斗志，将花县农运推向高潮。

第二篇

疾奔走，共抗敌

苟利国家生死以，岂因祸福避趋之

赵一曼

滨江抒怀①

誓志为国不为家，涉江渡海走天涯。
男儿岂是全都好，女子缘何分外差？
一世忠贞兴故国，满腔热血沃中华。
白山黑水除敌寇②，笑看旌旗红似花。

[作者简介]

赵一曼（1905—1936）：原名李坤泰，四川宜宾人，中国共产党党员，抗日民族英雄。曾在武汉中央军事政治学校、苏联莫斯科中山大学学习，后被分配到东北地区工作，并改名赵一曼。曾任东北人民革命军第三军一师二团政委。

1935 年 11 月，赵一曼在掩护部队突围时受伤被俘，自此经受敌人长时间的酷刑拷问，但赵一曼从未屈服。1936 年 8 月 2 日，赵一曼在珠河县小北门外从容就义。

[注释]

①抒怀：抒发心中的感受，多用于诗文篇名。
②白山黑水：指长白山和黑龙江，泛指我国东北地区。

[解读]

1931 年"九一八"事变后，东北沦陷。次年，赵一曼被组织派到东北工作，她先后在奉天（今沈阳）、哈尔滨组织工人运动进行斗争，曾领导哈尔滨电车工人反日大罢工。在后来的工作中，赵一曼渐渐地展露了她军事斗争方面的才能，她曾领导 200 名游击队员击溃 500 余人的伪自卫团，并成功击毙"伪总"。她曾组织农民游击连，在一次战斗中，她身骑白马，手持双抢，带领游击队员杀入敌阵，并取得胜利，从此一战成名。

在这首诗中，作者表达了以身许国的豪情。巾帼不让须眉，作者甘愿付出一生只为复兴国家，用满腔热血灌溉中华大地。奔波在白山黑水之间只为驱除日寇，看着那迎风飘扬的红旗，就像红花一般。

赵博生

革命精神歌

先锋①！先锋！
热血沸腾，
先烈为平等牺牲，
作人类解放救星。
侧耳远听，
宇宙充满饥饿声，
警醒先锋，
个人自由全牺牲。
我死国生，
我死犹荣，
身虽死精神长生，
成功成仁，
实现大同②。

[作者简介]

赵博生（1897—1933）：原名赵恩溥，直隶天津府盐山（今河北黄骅）人，中国共产党党员，中国工农红军高级指挥员。曾领导宁都起义，后参加红军，任红五军团参谋长兼十四军军长。

1933年年初，蒋介石集中兵力向苏区发动第四次"围剿"，赵博生带领红五军团据守长员庙，以配合主力部队歼灭敌军。因敌军部队进攻猛烈，赵博生不幸头部中弹，壮烈牺牲，时年36岁。

[注释]

①先锋：行军或作战时的先遣将领或先头部队。
②大同：指人人平等、自由的社会景象，这是我国历史上某些思想家的一种理想。

[解读]

赵博生痛恨军阀，更痛恨外国侵略者，他目睹了军阀混战给百姓造成的苦难，认识到在半殖民地半封建状态下人民是不可能拥有幸福生活的，于是他主动参加红军，为了自己的革命理想而奋斗。

这首《革命精神歌》歌颂了那些为革命牺牲的先烈，他们为人类解放而牺牲自我，这是何其伟大的精神。一个人死了，但国家获得新生，躯体死亡，但是精神长存，在这里，作者通过对"死"与"生"的描写，寄托了自己甘为革命献身的伟大理想。

邓中夏

胜　利

那有斩不除的荆棘①？
那有打不死的豺虎②？
那有推不翻的山岳？
你只须奋斗着，
猛勇的奋斗着；
持续着，
永远的持续着。
胜利就是你的了！
胜利就是你的了！

[作者简介]

　　邓中夏（1894—1933）：湖南宜章人，中国共产党党员，马克思主义理论家。曾任中国劳动组合书记部主任、中国社会主义青年团中央组织部部长、全国总工会执行委员、中共江苏省委书记、中共广东省委书记、全国总工会驻赤色职工国际代表、中共湘鄂两省委员会委员等职务。

1933 年 5 月在上海被捕，后引渡至南京国民党宪兵司令部监狱，遭受了敌人威逼利诱与严刑拷打而未屈服。同年 10 月，在南京雨花台被国民党反动派杀害，时年 39 岁。

[注释]

①那：同"哪"。荆棘：文学语境中，多用来比喻纷乱、艰难境地或者奸佞小人等。
②豺虎：多用来比喻凶狠残忍的贼寇、异族侵略者等。

[解读]

邓中夏作为中国共产党和中国工人运动的早期领导人之一，在五四运动时期便接受了马克思主义，随后积极参与组织工人运动，是杰出的工人运动领袖。

这首现代诗用词简约凝练，极具号召力，三个排比问句，以排山倒海的气势显示了作者无惧任何困难的英勇品质。之后作者强调了奋斗与坚持的重要性，只要持续不断地奋斗，胜利终将来到，彰显了作者的乐观主义精神。

李延平

游击队①

我们是共产党领导的抗日游击队，
我们在各个战场上都打胜仗。
为了从祖国领土上赶走日本法西斯②，
同志们不断地战斗在寒冷的疆场。
脚下的雪花越铺越厚，
霜雪凝成的冰溜越挂越长。
严寒不能把英雄们吓倒，
千万个神枪手挥动着步枪。
冻得麻木的手继续着射击，
尽管血水脑浆溅满了衣裳。
把抗日游击战争进行到底！
胜利火花闪耀着一簇簇红光。

[作者简介]

李延平（1903—1938）：吉林延吉人，中国共产党党员。曾任绥宁游击支队队长。后被党组织派到苏联莫斯科东方大学学习，归国后返回东北抗日战场，担任东北抗日联军第四军军长。

1938年秋，李延平率部队在五常县（今五常市）南磨石顶子活动时，遭到敌人的包围，在激烈的突围战斗中，不幸牺牲，时年35岁。

[注释]

①游击队：指进行游击作战任务的非正式的武装组织。
②日本法西斯：指第一次世界大战后日本政坛出现的反动野蛮的独裁制度和相关思想体系。

[解读]

李延平担任东北抗日联军第四军军长后，积极带领部队开展斗争活动，开辟了新的抗日游击根据地。在他的领导下，抗日联军第四军的战斗力得到了很大的提升。

这首《游击队》是一首极具号召力的诗歌，这是何等的豪迈气概。即使冰天雪地，即使手脚冻得麻木，血水脑浆喷溅在衣服上，也会把战斗进行到底，表现了抗日军人的大无畏精神。

赵敬夫

远 征 颂

万里长征，山路重重①。
热血奔腾，哪怕山路崎岖峥嵘。
纵饥寒交迫，虽雨雪狂风，
我同志，慷慨勇往直前，不怕牺牲。
奋斗！冲锋！
为革命，流尽血，
事业成，变为光明。

[作者简介]

赵敬夫（1916—1940）：原名白长岭，黑龙江佳木斯人，中国共产党党员。曾任中共依兰县委委员，东北抗日联军第三路军第三支队政委。

1940年3月，在德都县（今五大连池）朝阳山抗联第三路军总指挥部参加干部短期训练班，不幸被敌人发现。同年 7 月，敌人大量出动，包围了朝阳山。赵敬夫率部与敌人展开激烈斗争，不幸中弹牺牲，时年 24 岁。

[注释]

①万里长征：形容极为遥远的征程，出自王昌龄《出塞》诗："秦时明月汉时关，万里长征人未还。"

[解读]

1938 年 7 月，赵敬夫担任抗日联军第三军第五师宣传科科长，是年冬天和姜福荣率部进行通北镇远征，一路翻山越岭、饥寒交迫，非常艰苦。苦寒长夜中，有的战士被冻伤、饿坏，甚至牺牲了生命，即使是在这样艰苦的条件下，他们仍然不放弃，继续前进。

这首诗用词简约而铿锵有力，作者不怕流血牺牲，只为光明的未来而奋斗，表现了革命者面对挑战勇往直前的革命精神。

冯治纲

浪 潮 歌

法西斯残暴，
战火烈燃烧。
革命斗争汪洋大海，
谨防水底礁。
狂风起浪潮，
水手舵把牢。
冲锋啊！
敌伪难脱逃。
资本主义坟墓具备了，
葬钟一声敲①。
阶级仇恨难消，
誓死高举红旗，
红光普照②，
融化万恶消。

冯治纲（1908—1940）：吉林公主岭人，中国共产党党员。曾任东北人民革命军第六军参谋长、东北抗联第三路军龙江北江部指挥等职务。

1940 年 2 月 14 日，冯治纲率员在阿荣旗三岔河上游的任家窝堡侦察敌情，与日本关东军、伪兴安军遭遇，双方随即发生激烈交战。冯治纲不幸中弹牺牲，时年 32 岁。

[注释]

①葬钟：指接近死亡或灭亡。
②普照：普遍地照耀。

[解读]

"九一八"事变后，面对日本侵略者，不甘做亡国奴的东北军民纷纷拿起武器站起来反抗，他们组成抗日义勇军，主动汇入抗日激流中。冯治纲作为其中的一员，展示了一位无产阶级战士的勇敢与智慧。

这首《浪潮歌》运用比喻手法，将革命比喻为大海航行，写出了法西斯与资本主义的残暴。不论是法西斯还是资本主义，他们的葬钟早已敲响，阶级斗争一定会取得胜利。整首诗凸显了作者的阶级觉悟与爱国情怀。

朱学勉

有　感

男儿奋发贵乘时^①，莫待萧萧两鬓丝！
半壁河山沦异域，一天烽火遍旌旗。
痛心自古多奸佞^②，怒发而今独赋诗。
四万万人同誓死，一心一德一戎衣^③。

[作者简介]

朱学勉（1912—1944）：原名应端贤，浙江宁海人，中国共产党党员。曾任中共诸暨县委书记、新四军浙东游击纵队金萧支队第一大队大队长等职务。

1944年5月27日，汪伪军独立第四旅向诸北根据地进犯，朱学勉率部抵抗敌人的进击。面对数量庞大的汪伪军队，朱学勉部奋力抵抗，最终击退敌人，不幸的是，朱学勉负伤壮烈牺牲，时年32岁。

①乘时：利用时机。
②奸佞：奸邪谄媚的人。
③戎衣：指军服、战衣。

[解读]

近代以来，软弱无能的清政府无力抵抗帝国主义列强的侵略，导致国势衰微，江河日下。"九一八"事变后，更是山河破碎、生灵涂炭。不甘心亡国灭种的中华儿女奋起反抗，进行了可歌可泣的反侵略斗争。

这首《有感》便是在这样的背景下产生的。本诗前半部分写作者面对半壁江山陷落、遍地征战的局面，立志要奋发图强，趁年轻有一番作为。后半部分感叹汉奸走狗是自古就有的，今天更是尤其多。作者无法压抑愤怒而作此诗，但盼四万万中华儿女团结一心，战胜强敌。这首诗表达了作者面对现状的愤怒与奋起斗争的高尚气节。

彭 湃

起 义 歌

我们大家来起义，
消灭恶势力！
如今大革命，
反封建，分田地①，
坚决来斗争，
建设苏维埃②！
工农来专政，
实行共产制，
人类庆大同，
无产阶级世界革命，
最后成功！

①分田地：平分土地，这里指土地革命战争时期的宣传口号，平分田地是土地革命的核心内容。

②苏维埃：1917 年俄国革命成功后建立的政权名。我国第二次国内战争时期的工农民主政权也叫苏维埃。

[解读]

彭湃作为中国共产党早期农民运动领导人，被誉为"农民运动大王"，他曾领导海陆丰起义，领导建立海陆丰苏维埃政府，撰写《海丰农民运动》一书，对于蓬勃发展的农民运动起义有着重要影响，为红色政权的发展和建设积累了丰富的经验。

在这首诗中，作者巧妙地将当时的革命任务，如反封建、分田地、进行无产阶级革命、建设工农专政的苏维埃政权等写进这首诗中，用词简洁而铿锵有力，极大地促进了革命思想的传播，反映了作者高超的文学素养与高昂的革命情怀。

赵尚志

黑水白山·调寄满江红

　　黑水白山，被凶残日寇强占。我中华无辜男儿，倍受摧残。血染山河尸遍野，贫困流离怨载天。想故国庄园无复见，泪潸然[1]。

　　争自由，誓抗战。效马援[2]，裹尸还。看拼斗疆场，军威赫显。冰天雪地矢壮志[3]，霜夜凄雨勇倍添。待光复东北凯旋日，慰轩辕[4]。

[作者简介]

　　赵尚志（1908—1942）：热河朝阳（今辽宁朝阳）人，中国共产党党员。广州黄埔军校肄业，后因从事革命活动遭到逮捕而入狱两年，曾任东北抗日义勇军江北独立师参谋长、中国工农红军第三十六军江北独立师政治部主任、东北人民革命军第三军军长、东北抗日联军总司令等职务。

1942 年 2 月 12 日，赵尚志被混进抗联队伍的日伪特务打成重伤后遭逮捕。在敌人的审讯下，他大义凛然，痛斥敌人的恶行，并拒绝敌人的医治，最终不治身亡，时年 34 岁。

[注释]

①潸然：眼泪流下来的样子。
②马援：东汉初期军事家，开国功臣。
③矢：同"誓"。
④轩辕：黄帝，五帝之首，华夏民族的共祖。

[解读]

赵尚志是一位斗志勇猛的战士，在战场上，他从来都是亲自带领队伍冲在第一线。在他的领导下，反日武装队伍不断发展扩大，从一支小小的游击队逐渐发展为几万人的抗日联军队伍。没有对祖国的一片赤诚之心，没有对侵华日军入骨的痛恨，他绝不能取得这样的伟绩。

这首《黑水白山·调寄满江红》，上阕描写白山黑水尽被敌寇侵占的惨状，面对百姓流离失所，面对血流成河的惨败，作者不禁潸然泪下，表达了自己的悲痛之情；下阕则抒发斗志，引用马援战死沙场、马革裹尸的典故，表达对祖国的赤胆忠心与坚信革命必将胜利的信念。

关向应

征　途

月色在征尘中暗淡，
马蹄下迸裂着火星。
越河溪水，
被踏碎的月影闪着银光，
电火送着马蹄，
消失在稀微的灯光中①。

[作者简介]

关向应（1902—1946）：原名关致祥，辽宁大连人，中国共产党党员。在接触马列主义后，加入了中国社会主义青年团，进入上海大学学习，次年加入中国共产党。曾担任中共中央湘鄂西分局委员、湘鄂西军事委员会主席、红三军政治委员、八路军120师政治委员等职务。

1946 年 7 月 21 日，关向应因患肺结核在延安病逝，时年 44 岁。

[注释]

①熹微：形容阳光不强。

[解读]

关向应进入上海大学后，深入学习马克思主义思想理论，思想上受到极大启发，他将自己的名字由"致祥"改为"向应"，寓意响应党的召唤，为之而奋斗，他的一生也是对这一寓意的忠实写照。

这首《征途》并非直观地描写战争，而是截取一个月夜行军的画面，作者着重描写了一些细节，暗淡的月色、疾驰的马蹄、迸裂的火星、破碎的月影、熹微的灯光，这一系列极具诗意的细节意象，给疾行奔驰的骑兵队伍的身影增添了浪漫色彩，是革命诗歌中不可多得的佳作。

杨虎城

诗一首

西北大风起，
东南战血多。
风吹铁马动①，
还我旧山河。

[作者简介]

杨虎城（1893—1949）：陕西蒲城人。武昌起义爆发后，投身辛亥革命。曾任靖国军第三路军司令、国民军第三军第三师师长、国民革命军联军第十路军总司令、第十七路军总指挥、陕西省政府主席、西安绥靖公署主任等职务。1936年12月12日，同张学良一同发动"西安事变"，推动了抗日民族统一战线的建立。

自"西安事变"后，杨虎城失去军权，1937年起被囚禁关押。1949年9月6日于重庆戴公祠，杨虎城及其幼子杨拯中、幼女杨拯贵，杨虎城秘书宋绮云及其妻子徐林侠、幼子宋振中共六人，被国民党军统特务秘密杀害。

[注释]

①铁马：披甲的战马。

[解读]

1911 年，杨虎城参加民军组织与清军作战，自此以后，投身辛亥革命、护法战争……直到发动"西安事变"，他的所作所为，展现了一位爱国将领高尚的情怀与品质。

民国初年，时局动荡，军阀混战，中华大地干戈四起。杨虎城所在的西北，局势动荡不安，而祖国的东南地区同样兵连祸结。面对这样的情景，作者感慨万千；后两句"风吹铁马动，还我旧山河"则体现了一位热血军人的伟大志向：一定要斗争到底，夺回祖国河山。

刘志丹

爱 国 歌

黄河两岸，
长城内外，
炎黄子孙再不能等待，
挽弓持戈①，
驰骋疆场，
快！
内惩国贼，
外抗强权，
救我中华万万年。

[作者简介]

刘志丹（1903—1936）：名景桂，字志丹，陕西保安（今志丹）
人，中国共产党党员，无产阶级革命家、军事家，西北红军和西北革命根据地的主要创建人之一。曾任西北工农革命军军事委员会主席、中共陕北特委军委书记、陕甘边红军临时总指挥部参谋长、西北革命军事委员会主席、中国工农红军第十五军团副军团长兼参谋长等职务。

1936 年 3 月，刘志丹率部参加东征战役；4 月 14 日，在与敌军交战过程中壮烈牺牲，时年 33 岁。

[注释]

①挽弓持戈：挽弓，指拉弓。持戈，戈是古代兵器，持戈即手执兵器，准备打仗的意思。

[解读]

刘志丹在陕北联合县立榆林中学读书时，就积极参与学生运动，参与反帝反封建斗争。青年时期投身革命，组织起义工作，是杰出的工农红军指挥将领。

这首《爱国歌》，强调了局势之紧迫，炎黄子孙不能再等待，必须拿起武器奔赴战场，对内要严惩卖国贼，对外要抵抗侵略者，只有这样做，才能挽救中华民族。这首诗反映了作者的反抗精神与爱国热情。

熊亨瀚

亡　命

蹈火归来又赴汤[1]，只身亡命是家常。
东西南北路千里，父母妻儿天一方。
太息斯民犹困顿[2]，驰驱我马未玄黄[3]。
风尘小憩田夫舍，索得浓茶作胆尝[4]。

[作者简介]

　　熊亨瀚（1894—1928）：湖南桃江人，中国共产党党员。曾参加武昌起义，倒袁运动，后流亡日本。回国后进入教育界，组织学生参加反帝爱国运动，1924年经介绍加入中国国民党，在后来的工作中接触到马克思主义；1926年春，加入中国共产党。曾担任湖南省党部执行委员、湖南省公法团体雪耻会执行委员、湖南临时人民委员会委员、省临时政府电话总局局长兼军法处长、湖南各界救护慰劳团团长等职务。

1928 年 11 月 7 日，熊亨瀚在鹦鹉洲渡江口被国民党特务逮捕，面对敌人的严刑逼供，他坚贞不屈，严守党的秘密。11 月 28 日，熊亨瀚在长沙市浏阳门外十字岭英勇就义，时年 34 岁。

[注释]

①蹈火，赴汤：即赴汤蹈火，跳进滚烫的开水中，踏着燃烧的烈火。比喻不避艰险，奋勇向前。

②太息：叹气叹息。

③玄黄：病貌，马生病；未玄黄，指马匹没有生病，还可以奔跑。这里也指军人们还可以继续战斗。

④作胆尝：当作胆一样去品尝，浓茶是苦的，这里将浓茶比作胆，是引用勾践"卧薪尝胆"的典故。

[解读]

清末民初的中国，社会动荡不安，爱国志士们为了救亡图存而四处奔走，他们舍小家为大家，抛弃个人利益为集体利益而斗争，熊亨瀚就是这样一位仁人志士。

这首《亡命》是对当时为了抗战救国到处奔走的战士们的生动写照。战士们蹈火又赴汤，每天行走在死亡的边缘，和父母妻儿相隔千里，看着因为战乱而流离失所的百姓，作者庆幸自己尚还能战斗，奔波中在农夫田舍索得浓茶，就把它当作苦胆去尝。这首诗体现了作者忧国忧民的思想，引用勾践"卧薪尝胆"的典故，表达了作者奋发图强要同敌人斗争到底的坚决意志。

秋 瑾

满 江 红

　　小住京华，早又是中秋佳节。为篱下黄花开遍，秋容如拭①。四面歌残终破楚②，八年风味徒思浙③。苦将侬强派作蛾眉④，殊未屑⑤！

　　身不得，男儿列，心却比，男儿烈。算平生肝胆，因人常热。俗子胸襟谁识我？英雄末路当磨折。莽红尘何处觅知音⑥？青衫湿⑦！

[作者简介]

　　秋瑾（1875—1907）：字璇卿，号竞雄，别署"鉴湖女侠"，浙江绍兴人。中国女权和女学思想倡导者，近代民主革命志士，参加过三合会、光复会、同盟会等反清革命组织。

　　1907年，秋瑾与徐锡麟等人组织光复军起义，起义失败后，被捕人员供出秋瑾，随后秋瑾被捕。1907年7月15日凌晨，秋瑾于绍兴轩亭口英勇就义，时年 32 岁。

[注释]

①秋容如拭：秋容，即秋天的景色。如拭，如同擦拭过了。秋天的景色仿佛擦拭过那样明净。

②四面歌残：四面楚歌，这里是指八国联军对中国的侵略与威胁。

③八年风味：秋瑾 1896 年与湖南人王廷钧结婚，到了写这首词的时候，正好已结婚八年。

④侬：我。蛾眉：指女子的细长而弯曲的眉毛，这里代指女子。

⑤殊：很，甚。

⑥莽红尘：莽莽红尘。

⑦青衫湿：因哀叹没有知己而落泪，出自白居易《琵琶行》："江州司马青衫湿。"

[解读]

秋瑾早年奉父母之命与湖南人王廷钧结婚，后随夫迁居北京。在北京，她目睹八国联军侵华，眼看清政府腐败无能，而自己的生活也面临着各种困境，她不禁感到痛苦迷惘，于是在 1903 年写下这首词。

这首《满江红·小住京华》上阕写秋天的景色，衬托了作者落寞的心情，引用"四面楚歌"的典故，感慨国家局势令人担忧，最后一句写自己不甘心如此，不屑于过安稳琐碎的生活；下阕第一句直抒胸臆，虽身为女子，但豪情壮志不减，引用"青衫湿"的典故，抒写找不到知音的苦闷心境。这首词表达了词人强烈的爱国主义情怀。

卢志英

无　题

弟兄们死了，被人割了头；
被敌人穿透了胸！
活着的弟兄，要纪念他们，
他们作了斗争的牺牲！
世界上惟有为解脱奴隶的运命，
才是伟大的斗争；
惟有作了自己弟兄们的先锋，
才是铁的英雄！
才是伟大的牺牲！
弟兄们，忍耐着艰苦！
弟兄们，忍耐着创痛！
不忍耐没有成功，
不流血怎能解脱奴隶命运！
在地狱的人们，不会有天降的光明！
只有不断地忍耐，不断地斗争。

饥寒交迫的弟兄们①……

[作者简介]

卢志英（1905—1948）：原名卢子江，山东昌邑人，中国共产党党员。先后在甘肃、北京、南京、江西、贵州从事革命工作。曾任苏北联合抗日部队副司令兼参谋长。长期从事情报工作，为革命事业做出了重大贡献。

1947 年，因叛徒告密，被国民党特务逮捕，面对敌人的诱降与酷刑，卢志英意志坚定，没有屈服。1948 年 12 月 27 日夜，他被敌人秘密活埋，壮烈牺牲，时年 43 岁。

[注释]

①饥寒交迫：又冷又饿，形容极端贫困。

[解读]

卢志英擅长情报工作，他只身打入敌人内部，获得关键情报，为革命事业的发展立下赫赫战功。而他之所以能够取得这样好的成绩，离不开他对革命的坚定信心，离不开他对已经牺牲了的同志们深痛的怀念。

这首《无题》，开篇第一句"弟兄们死了"，看似平淡无奇，却表达了作者极大的愤慨与悲哀，兄弟们死了，活着的人，要继续战斗，要做伟大的牺牲，再苦再累，也要去争取成功。这首诗语言简洁有力，表达了作者对于牺牲的同志们的悼念之情，更抒发了坚贞不屈的革命斗志。

李公朴

诗 一 首

要救国，要赶早，
国亡后，更难了。
华北抗战已爆发，
救亡雪耻在今朝①。
和平不是靠哀求，
和平后面要有炮。

[作者简介]

李公朴（1902—1946）：字晋祥，号仆如，江苏武进（今常州武进区）人，民主战士、民主同盟领导。23 岁时考入沪江大学，后留学美国。归国后积极参与爱国斗争，曾任中国民主同盟中央执委兼教育委员会副主委、中国人民救国会中央委员等职。

1946 年 7 月 11 日，在云南昆明遭国民党特务暗杀身亡，时年 44 岁。

[注释]

①雪耻：洗掉耻辱。

[解读]

　　李公朴为了推翻帝国主义、封建势力而不断战斗着，他倡导民主，反对暴力，坚持革命，顽强斗争，为中华民族进步事业与和平民主事业奋斗了一生，是一个为民主革命而献身的战士。

　　这首诗篇幅虽短，然而句句言之成理，呼吁民众参与革命斗争。最后一句是点睛之笔，"和平后面要有炮"，强调了加强战斗力的重要性，强调了和平需要武力来捍卫。

欧阳立安

诗 一 首

冲冲冲！
我们是劳动儿童团[①]。
不怕敌人刀和枪，
不怕坐牢和牺牲！
杀开一条血路，
冲！冲！冲！

[注释]

①劳动儿童团：解放前中国共产党在革命根据地建立的少年儿童组织，现演化成少先队。

[解读]

欧阳立安的父亲欧阳梅生是共产党员，母亲陶承是一位革命家。他受父母影响，小小年纪就参加革命，在学校积极参与进步活动，是一位觉悟极高的革命战士。

这首白话文革命小诗，文意浅白，充满了青春气息，"不怕敌人刀和枪，不怕坐牢和牺牲"，彰显了一位共产主义战士昂扬向上的斗志。

李兆麟

露营之歌①

一

铁岭绝岩，林木丛生，

暴雨狂风，荒原水畔战马鸣。

围火齐团结，普照满天红。

同志们，锐志哪怕松江晚浪生②！

起来哟，果敢冲锋！

逐日寇，复东北，天破晓，光华万丈涌！

二

浓荫蔽天，野雾弥漫，

湿云低暗，足溃汗滴气喘难。

烟火冲空起，蚊吮血透衫。

兄弟们，镜泊瀑泉唤起午梦酣。

携手吧！共赴国难，

振长缨，缚强奴，山河变，万里息烽烟③。

三

荒田遍野，白露横天，

野火熊熊，敌垒频惊马不前。

草枯金风疾，霜沾火不燃，

战士们，热忱踏破兴安万重山。

奋斗呀！重任在肩，

突封锁，破重围，曙光至，黑暗一扫完。

四

朔风怒吼，大雪飞扬，

征马踟蹰，冷风侵人夜难眠。

火烤胸前暖，风吹背后寒，

壮士们，精诚奋发横扫嫩江原！

伟志兮！何能消减，

全民族，各阶级，团结起，夺回我河山。

[作者简介]

李兆麟（1910—1946）：原名李超兰，辽宁灯塔人，中国共产党党员。"九一八"事变后，赴北平参加抗日民众救国会，在平西一带组织抗日救亡活动，后回家乡组织抗日义勇军，创建松花江下游汤原抗日游击根据地，在松嫩平原进行游击战。曾任中共满洲省委军委负责人、珠河反日游击队副队长、哈东支队政委、北满抗日联军总政治部主任、东北抗日联军第三路军总指挥、滨江省副省长、中苏友好协会会长等职。

1946 年 3 月 9 日，李兆麟在哈尔滨被国民党特务暗杀，壮烈牺牲，时年 36 岁。

[注释]

①《露营之歌》有不同的版本，这里选录的是署名为李兆麟一人的版本。

②松江：即松花江。

③烽烟：古时边防报警时点燃的烟火，在这里指战争。

[解读]

这首诗完成于东北抗日联军西征前与西征途中，在那个年代，战士们经常唱着这首《露营之歌》鼓舞士气。

这首诗，真切而生动地刻画出了抗联战士野外露营的景象。在荒郊野外的原始森林中，在宽阔的江畔，在狂风暴雨中，战士们围坐在篝火前，"火烤胸前暖，风吹背后寒"。他们一边忍受着饥寒，一边憧憬着打败日寇、光复东北的那一天。这首《露营之歌》气势磅礴，表达了抗联战士坚定乐观的战斗精神。

孙铭武

血盟救国军军歌

起来，不愿当亡国奴的人们，
用我们的血肉唤起全国民众，
我们不能坐以待毙[①]，
必须奋起杀敌。
中华民族到了最危险的时候，
起来，起来，
全国人民团结一致。
战斗！战斗！
战斗！战斗！

[作者简介]

孙铭武（1889—1932）：原名孙明武，字述周，辽宁抚顺人，抗日名将。"九一八"事变后，孙铭武积极抗日，他变卖家产，筹措军资，组建辽东第一支民众抗日武装——血盟救国军，为抗日做出了积极贡献。曾任昌黎县警察局长、血盟救国军总司令。

1932 年 1 月 19 日，在吉林省柳河县三源浦镇，孙铭武被汉奸于芷山设计杀害，时年 43 岁。

[注释]

①坐以待毙：坐着等待死亡，指不积极采取行动而等待失败。

[解读]

孙铭武目睹了"九一八"事变时日本军人的残暴行为，他受到触动，不甘做亡国奴，于是回到故乡，联络爱国青年积极抗日。

这首《血盟救国军军歌》是在起义前夕创作的，被众多专家学者认为是国歌《义勇军进行曲》歌词母本。歌词铿锵有力，要用牺牲、用鲜血号召不愿做亡国奴的人们奋起反抗，而孙铭武最后的牺牲无疑是对这首歌最有力的写照。

第三篇

处囹圄，守大节

千磨万击还坚劲，任尔东西南北风

谭嗣同

狱中题壁

望门投止思张俭[①]，
忍死须臾待杜根[②]。
我自横刀向天笑，
去留肝胆两昆仑。

[作者简介]

谭嗣同（1865—1898）：字复生，号壮飞，湖南浏阳人，中国维新派政治家、思想家。早年在家乡提倡新学，呼吁变法，倡导开矿山、修铁路；创办《湘报》，宣传变法，抨击旧政，是维新运动的激进人士。

1898年，"戊戌变法"失败，谭嗣同在北京宣武区浏阳会馆被捕。9月28日，在北京宣武门外菜市口刑场从容就义，时年33岁。同时就义的维新志士有林旭、杨深秀、刘光第、杨锐、康广仁，史称"戊戌六君子"。

[注释]

①望门投止：外出逃难时，见到人家就去投宿，以求得生存，出自《后汉书·张俭传》。张俭：东汉末年名士，江夏八俊之一，因上书弹劾宦官集团，被诬陷结党营私，被迫逃亡。

②忍死须臾：指有所期待而不愿意马上死去。杜根：东汉名臣，因上书要求邓太后退出朝政而被判死罪，行刑人敬仰杜根，未下狠手，幸而保全性命。杜根最终得以逃生，躲在民间酒肆。邓太后死后，复官侍御史。

[解读]

1898 年，慈禧发动政变，要捉拿维新派。谭嗣同本有机会逃跑避险，但他回答说："各国变法无不从流血而成，今日中国未闻有因变法而流血者，此国之所以不昌也。有之，请自嗣同始！"

这首《狱中题壁》，是谭嗣同题写在狱中墙壁上的。引用张俭的典故，是希望已经逃亡的康有为、梁启超能够像张俭一样得到别人的保护与照顾；引用杜根的典故，是希望同僚们能够忍辱负重直到变法取得胜利。他则甘心流血牺牲，逃亡在外的人和留下就义的人肝胆相照，就像昆仑山一样雄伟豪迈。他的死，是光明磊落的，他是为了民族大义而死，所以毫无畏惧。

何敬平

把牢底坐穿

为了免除下一代的苦难，
我们愿——
愿把这牢底坐穿！
我们是天生的叛逆者，
我们要把这颠倒的乾坤扭转①！
我们要把这不合理的一切打翻！
今天，我们坐牢了，
坐牢又有什么稀罕？
为了免除下一代的苦难，
我们愿——
愿把这牢底坐穿！

1948 年夏于渣滓洞②

[作者简介]

何敬平（1918—1949）：四川巴县（今重庆巴南区）人，中国共产党党员。重庆电力公司地下党支部委员。曾参与起草《向各产业工友各界同胞们的控诉》一文，揭露国民党特务暴行，推动反特抗暴运动的发展，并起到骨干带头作用。

1948年4月5日，因叛徒出卖，何敬平被特务逮捕，囚禁于渣滓洞监狱，其间创作诗歌《把牢底坐穿》。1949年11月27日，何敬平被国民党特务杀害，时年31岁。

[注释]

①乾坤：指江山，局势，大局。
②渣滓洞：渣滓洞集中营，位于重庆市歌乐山麓，1939年国民党军统特务在此设立监狱。

[解读]

1949年年初，何敬平与刘振美、何雪松等人在监狱成立"铁窗诗社"。他们以笔为枪，开辟抗敌新阵地，创作的诗歌充满视死如归、不屈不挠的斗争精神，极大地鼓舞了狱友们的斗志。

这首《把牢底坐穿》，充满了作者浓烈的革命斗志，可谓气势磅礴、壮怀激烈，显示了作者必胜的信念。这首诗当年在渣滓洞监狱中广为传诵，是一首不可多得的革命诗歌佳作。

王达强

狱中题壁诗

有客有客居汉江①，自伤身世如颠狂。
抱负不凡期救世，赢得狂名满故乡。
一心只爱共产党，哪管他人道短长？
我一歌兮歌声扬，碧血千秋叶芬芳②。

有家有家在鄂东③，万山深处白云中。
老父哭儿伤无棹④，老母倚闾泪眼空⑤。
故乡山水今永诀，天地为我起悲风。
我二歌兮歌声雄，革命迟早要成功。

有友有友意相投，千里相逢楚水头⑥。
起舞同闻鸡鸣夜⑦，击楫共济风雨舟。
万方多难黎民苦，相期不负壮志酬。
我三歌兮歌声吼，怒掷头颅报国仇。

有弟有弟在故乡⑧，今日意料有我长。

昨夜梦中忽来信，道是思兄忆断肠。

可怜不见已三载，焉能继我起乡邦？

我四歌兮歌声强，义旗闻起鄂赣湘⑨。

我五歌兮歌声止，慷慨悲歌今日死。

我六歌兮歌声乱，地下应多烈士伴。

我七歌兮歌声终，大地行见血花红⑩。

1927 年 7 月

[作者简介]

王达强（1901—1928）：名镜清，号士豪，乳名百发，湖北黄梅人，中国共产党党员。曾就读于湖北省立第一中学，在家乡古角成立古角青年学会，这是共产党在古角第一个党支部。曾参与收回汉口英租界的斗争。曾任汉口硚口地区团委书记、湖北省团委书记、京汉铁路总指挥等职。

1928 年 2 月，不幸被捕，面对敌人的威逼利诱，始终坚贞不屈，大义凛然，没有投降。1928 年 2 月 18 日，王达强在汉口郊区壮烈牺牲，时年 27 岁。

[注释]

①汉江：长江的支流，又称汉水，这里指作者被囚禁在汉口

铭新街监狱。

②碧血：为正义而牺牲的血，出自《庄子·外物》："苌弘死于蜀，藏其血，三年而化为碧。"

③鄂东：鄂是湖北简称，鄂东即湖北东部地区。作者的家乡黄梅县即位于湖北东部地区。

④椁：套在棺材外面的大棺材，这里指棺木。

⑤倚闾：闾，里巷的门。倚闾，靠着里门。

⑥楚水：泛指楚国地域的江河湖泽，大致为现今的湖北、湖南地区。

⑦起舞，闻鸡：即闻鸡起舞，东晋时，祖逖与好友刘琨经常互相勉励，天还没亮，听到鸡鸣就会起床舞剑。后用来指志士及时奋发。

⑧有弟：王达强的二弟王进达，三弟王开发。二人于1930年加入中国共产党，同年秋天牺牲于南昌。

⑨赣湘：赣，指江西；湘，指湖南。

⑩行见：行将看见。血花红：指革命志士的鲜血洒遍祖国大地而开出的革命胜利之花。

[解读]

作者身处牢狱，面对强敌而不屈服，他从自己的遭遇写起，写他为了革命理想身处异乡，思念故乡的父母，骨肉分离今生永别，天地都为之悲痛。但是他并不孤单，哪怕是在这牢狱中，他还是有志同道合的朋友，大家为了革命这个共同的理想而坚守着，是为了拯救黎民百姓的痛苦。除了这些，作者还记挂着自己的弟弟，希望他们能够继承他的志向，作者也听闻了革命的义旗在鄂赣湘大地上树立起来了，这使他颇感安慰，最后，作者想到了自己的将死，但他是无所畏惧的，因为他知道，他不是孤单的，因为在死亡的那边，有很多烈士在等着他，他的死，是为祖国的独立自由而死，是光荣的。

这首诗，表达了作者视死如归的精神，是一首可歌可泣的革命悲歌。

汪石冥

牙刷柄题壁诗（节选）

横剑跃马几度秋[①]，
男儿岂堪作俘囚[②]？
有朝锁链捶断也，
春满人间尽自由。

[作者简介]

汪石冥（1902—1928）：四川南川（今重庆南川）人，中国共产党党员。先后就读于南京大学、武汉中央军事政治学校。"四一二"反革命政变后，在汉口罗家墩小学任教，其间组织多次进步工人运动，并在泰安纱厂、申新纱厂建立党的支部。后调任湖北省委军委工作。

1928年3月，汪石冥受命运送一批武器，被埋伏的特务逮捕。在狱中，他用牙刷柄在墙壁上写诗，表达了坚贞不屈的意志。

1928 年 12 月 10 日，汪石冥被杀害于汉阳，时年 26 岁。

[注释]

①跃马：策马奔跃前进。
②俘囚：指在战场上被掳获的人。

[解读]

作者身处牢狱，回忆起他参加革命以来的风风雨雨，也不过是几年时间，自己作为男子汉大丈夫，岂能甘心被人侮辱，了此余生？他期盼着有那么一天能够捶断身上的锁链，能够打退敌人的侵略，那样的话，世界就会像春天那样美好了。

这首诗是作者在极为艰苦困顿的条件下，写在监狱牢房墙壁上的，表达了作者坚贞不屈的斗志与对未来美好生活的向往。

陈逸群

被　捕

我今何事作楚囚①，身负缧绁入图幽②。
白云悠悠寒雁怨，狴犴森森鬼神愁③。
铁窗生涯意中事，鼎镬甘饴冀能求④。
留得明月松间照⑤，挈取干将铗讐仇⑥。

[作者简介]

陈逸群（1906—1929）：江西铜鼓人，中国共产党党员。曾任中共铜鼓党团中心支部书记、铜鼓县总工会常务委员、中共铜鼓县委书记。

1929年3月在铜鼓党部被捕，解往南昌，同年5月牺牲，时年23岁。

①楚囚：指被囚禁的人。

②缧绁（léi xiè）：捆绑犯人的绳索。囹幽：牢狱。

③狴犴（bì àn）：牢狱。

④鼎镬（huò）：鼎和镬，古代烹饪器皿，也是一种酷刑，用鼎镬烹人。饴，饴糖。鼎镬甘饴，意思是受酷刑像吃糖一样。出自文天祥《正气歌》："鼎镬甘如饴，求之不可得。"

⑤明月松间照：出自王维《山居秋暝》："明月松间照，清泉石上流。"

⑥挈取：拿取。干将：古代名剑。雠（chóu）仇：亦作雠仇，仇敌的意思。

[解读]

面对阴森森的铁牢，作者毫无畏惧。面对酷刑，他想起了民族英雄文天祥，想起了前人宁死不屈的伟大精神，更想起了王维笔下清新、恬淡、优美的山中秋季的美景。那寓意着和平的美丽的山中秋景，寄托了作者对未来美好的憧憬。向往美好的未来之后，作者引用干将复仇的典故，表达了自己坚强不屈的革命意志。

龙大道

狱　中

身在牢房志更强，
抛头碎骨气昂扬。
乌云总有一日散，
共产东方出太阳^①。

[作者简介]

龙大道（1901—1931）：又名康庄，字坦之，贵州锦屏人，中国共产党党员。曾任上海总工会主席团委员兼秘书长、上海总工会常务委员兼经济斗争部部长、中共浙江省委工人部部长等职。多次参与和组织上海工人运动。

1931 年 1 月与众多同志一同被敌人逮捕，1931 年 2 月 7 日晚，伴着飘落的雪花，龙大道神态自若、昂首挺胸地走向了刑场，英勇牺牲，时年 30 岁。

[注释]

①共产东方：指在中国共产党领导下的中国。

[解读]

20 世纪 30 年代的中国，在帝国主义、封建主义和官僚资本主义三座大山的压迫下，人民生活在水深火热之中。作者为了反抗压迫，愤而革命，即使被押进监牢，他仍然怀抱希望，相信遮挡在中国人民头上的乌云终有一日会散去，而在共产党的领导下，太阳会重新升起，美好的生活终将会到来。

何孟雄

狱中题壁

当年小吏陷江州[①]，
今日龙江作楚囚[②]。
万里投荒阿穆尔[③]，
从容莫负少年头。

[作者简介]

何孟雄（1898—1931）：原名定礼，字国正，号孟雄，湖南酃县（今炎陵）人，中国共产党党员。年轻时参与五四运动、组织工人斗争，发表了多篇振奋人心的文章。曾任中共北京区委委员兼秘书、中共唐山地委书记、江苏省委委员、农委秘书和省委巡视员等职。

1931年1月17日，不幸被捕。敌人妄图通过严刑令其就范碰壁后，转而攻击他的心理防线。但何孟雄坚贞不屈，忠诚对党，坚信共产主义会取得最终的胜利。同年 2 月 7 日，与 23 名共产党员一同在龙华就义，时年 33 岁。

[注释]

①小吏：小官，小差役，指宋江，宋江是郓城县小吏，在江州被捕关进监狱。

②龙江：即黑龙江。

③阿穆尔：指中国的黑龙江，在俄罗斯境内称阿穆尔河，是中国与俄罗斯的界河。

[解读]

1922 年，何孟雄等人前往苏联参加伊尔库茨克远东大会，一行人途经黑龙江时，被奉系军阀逮捕入狱。在监狱的牢房里，何孟雄写下了这首小诗。

作者通过这首诗表达了他面对强敌从容不迫、慷慨激昂的革命情怀。

张剑珍

五 更 叹[①]

一更叹，坐监牢，
如今变作笼中鸟。
爱剐爱杀无要紧，
为了革命心一条，
唔怕刑场去过刀[②]。

二更叹，火烧天，
剑珍革命意志坚。
杀头催话风吹帽[③]，
坐监催喊蹶花园[④]，
要为穷人出头天。

三更叹，想红军，
红军来了救穷人。
催愿红军打胜仗，

红旗飘飘扫乌云，

工农当家万年春。

四更叹，催家庭，

国枢时刻念剑珍⑤。

亲人受难莫流泪，

跟着红军杀敌人，

杀尽白贼正太平。

五更叹，天就光，

又想红军古团长⑥。

培养剑珍教育女，

党系催个亲爹娘，

视死如归跟着党。

[作者简介]

张剑珍（1911—1931）：广东五华人，中国共产党党员。曾任五华县苏维埃政府委员、东江工农红军第十一军军部宣传员等职务。大革命时期的宣传骨干，革命斗争性很强。

1931 年 4 月，被敌人逮捕入狱，面对严刑逼问，她坚贞不屈，坚决不投降，同年 6 月被害于华城，时年 20 岁。

[注释]

①五更：即指从一更天到五更天，现在指晚上十九点至次日

凌晨五点。

②唔怕：广东方言，意思为不怕。

③𠊎：客家话，表示第一人称"我"。

④嬲（niǎo）：游戏。

⑤国枢：指胡国枢，张剑珍大伯，革命烈士。当时担任双华乡农会会长，张剑珍从小在他身边长大，他给了张剑珍很多积极进步的影响。

⑥古团长：指古宜权，时任红军团长。

[解读]

当作者身处监牢，面对漫漫长夜，她并不畏惧，而是一点点地想起过往的经历，想起了身为革命者的使命，哪怕是去刑场挨刀子，她也要将革命进行到底。杀头又如何呢？不过像风将帽子吹落。坐牢又怎样呢，在作者看来也不过是在花园中游戏罢了。她的使命是为穷人出头，像红军那样，拯救千千万万受苦受难的穷人。作者希望红军能打胜仗，能将红旗插遍祖国大地，那个时候，人们才能拥有真正幸福的春天。作者又忆及亲人及红军战友，她希望他们能打胜仗，而她，则将视死如归般坚定地跟着共产党去进行革命斗争。

这首诗分为五个段落，每一个段落一个主题，逻辑清晰，语言简练明快，读来朗朗上口，通俗易懂，表达了作者舍生取义的革命情怀。

刘伯坚

移　狱

大庾狱中将两日①，移来绥署候审室②，
室长八尺宽四尺，一榻填满剩门隙；
五副脚镣响银铛，匍匐膝行上下床，
狱门咫尺隔万里，守者持枪长相望。
狱中静寂日如年，囚伴等吃饭两餐，
都说欲睡睡不得，白日睡多夜难眠；
檐角瓦雀鸣啁啾③，镇日啼跃不肯休④，
瓦雀生意何盎然，我为中国作楚囚。
夜来五人共小被，脚镣颠倒声清脆，
饥鼠跳梁声喷喷，门灯如豆生阴翳⑤；
夜雨阵阵过瓦檐，风送计可到梅关⑥，
南国春事不须问，万里芳信无由传。

1936 年 3 月 13 日晨

刘伯坚（1895—1935）：四川平昌人，中国共产党党员。曾在法国和比利时勤工俭学。1922 年加入中国共产党，后赴苏联学习。回国后，党派他出任国民军第二集团军（原西北军）总政治部副部长，后续曾任中共湖北省委组织部部长、中央工农民主政府执行委员、红五军团政治部主任、赣南军区政治部主任等职。

1935 年 3 月 4 日，刘伯坚率部突围时，身中数弹，不幸被捕，面对敌人的威逼利诱，他坚守大义，没有屈服。1935 年 3 月 21 日，刘伯坚在江西省大余县金莲山刑场壮烈牺牲，时年 40 岁。

[注释]

①大庚：即大庚县，今江西省赣州市大余县。
②绥署：全称是绥靖公署，民国时期国民革命军的指挥机构。
③瓦雀：麻雀的别称。
④镇日：一整天，从早到晚。
⑤阴翳：枝叶繁茂成荫。
⑥梅关：大庚县南部的梅岭。

[解读]

在这首诗中，作者用生动形象的文字描写了监狱里的情形，从候审室面积的大小，内部的布局，再到自己与狱友们的日常生活，为我们了解那个年代监狱的情况提供了第一手真实可信的资料，这是一首主题深刻的现实主义革命诗歌。

　　作者如实地写出了监狱内的遭遇，看似在诉苦，实则不然。作者面对如此艰苦的生存条件，也毫不畏惧，没有打退堂鼓，仍然坚信革命的发展就像春天那样充满勃勃生机。

陈法轼

狱 中 诗

磊落生平事①，临刑无点愁。

壮怀犹未折，热血拼将流。

慷慨为新鬼，从容作死囚。

多情惟此月，再照雄心酬②。

[作者简介]

陈法轼（1917—1942）：字苏庵，化名陈平、陈于，贵州贵阳人，中国共产党党员。曾积极参加贵州邮电职工进步运动，与混入工会的特务分子进行坚决斗争。

1941年11月被国民党特务逮捕，面对特务们的审讯、拷打，陈法轼怒目而视，宁死不屈。1942年6月20日在贵阳被杀害，时年25岁。

①磊落：意为胸怀坦荡，光明磊落。
②酬：指愿望的实现。

[解读]

　　面对牢狱之灾，面对残酷的敌人，作者回顾自己的人生，一直是坦荡磊落的，即使面临死刑，他也没有丝毫畏惧，他将慷慨从容地面对死亡。而眼前那多情的月，明天还会再次升起的，作者相信，终有一天，革命会取得胜利，他的壮志也一定能够实现。

　　这首诗文辞简练，风格豪迈大气，表达了作者面对死亡时泰然自若的豪杰胸襟。

辛忠荩

第二次入狱题监牢

能受天磨真铁汉①，
不遭人忌是庸材。
监牢且作玄都观②，
我是刘郎今又来。

[作者简介]

　　辛忠荩（1903—1939）：曾化名桂芬，江西九江人，中国共产党党员。幼年随父读书并学习中医，中医医术扎实，学生时代便接受新思想，积极参加进步活动。曾任共青团黄老门区委书记、德安临时县委秘书长兼宣传部长、中共赣北工委宣传部长等职。在进行革命工作期间，辛忠荩还给群众看病，群众曾称赞道："桂芬同志既是革命干部，又是人民医生。"

　　1939年2月，在敌人制造的"岷山惨案"中被捕后英勇牺牲，时年 36 岁。

①天磨：代指苦难。

②玄都观：唐朝道观。刘禹锡被贬官在外，10 年后被召回长安，他到玄都观看桃花，作诗曰："玄都观里桃千树，尽是刘郎去后栽。"借以讽刺朝堂新贵，因此再被贬官。14 年后，又被召回长安，他再游玄都观，此时观里已没有了桃花，他又作诗曰："种桃道士归何处，前度刘郎今又来。"作者在此引用这一句诗，借指再次入狱。

[解读]

作者认为，能够忍受苦难的人，才是真正的好汉，是大丈夫应该具有的品格，不遭受嫉妒的人都是庸才。作者引用刘禹锡的典故，以苦为乐，把监牢当作玄都观，并自比刘禹锡，不把坐牢看成苦难。

这首诗，风格豪迈，体现了作者的革命乐观主义精神，值得学习。

何　斌

狱中歌声

黑夜阻着黎明，
只影吊着单形，
镣铐锁着手胫，
怒火烧着赤心。
蚊成雷，鼠成群，
灯光暗，暑气蒸，
在没太阳的角落里，
谁给我们同情慰问？
谁抚我痛苦的伤痕？
我热血似潮水的奔腾，
心志是铁石的坚贞，
我只要一息尚存①，
誓为保卫真理而抗争。
呵！姑娘，去秋握别后，
再不见你的倩影②，

别离为了战斗，

再会待胜利来临。

谁知未胜先死，

怎不使英雄泪满襟③！

你失了勇敢的战友，

是否感到战线吃紧？

我失了亲爱的伴侣，

也曾感到征途凄清！

不，姑娘，

你应该步上我的岗位，

坚决的打击敌人！

愿你同千千万万的人们，

踏着我的血迹前进！

啊，姑娘，天昏昏，地冥冥，

用什么来纪念我们的爱情？

惟有作不倦的斗争。

用什么来寄托我的慕念？

惟有这狱中歌声。

[作者简介]

何斌（1915—1941）：字功伟，湖北咸宁人，中国共产党党员。中学时期便积极组织爱国思想宣传活动，后积极响应"一二·九"运动，投身中国共产党领导的革命事业。曾任中共湖北省委农委委员、中共咸宁中心县委书记、鄂南特委书记、鄂西特委书记等职务。

1941 年 1 月 27 日在湖北恩施被捕，国民党湖北当局曾以高

官厚禄诱其投降，均遭痛斥，后于 11 月 7 日遭敌人杀害，时年
26 岁。

[注释]

①一息尚存：还有一口气，指生命的最后阶段。
②倩影：俏丽的身影。
③英雄泪满襟：英雄落泪弄湿了衣襟，出自唐代作者杜甫《蜀
相》："出师未捷身先死，长使英雄泪满襟。"

[解读]

狱中，是没有阳光的，形单影只，身心煎熬，触目都是蚊子、
老鼠，以及时刻环绕周围的臭热的暑气；这里没有同情与慰问，
但是作者依旧坚持着，要为保卫真理而战斗，因为他是光荣的革
命战士。他虽然失去了革命伴侣，但他还在鼓舞着监狱外自由的
人们，应该踏着他们这些牺牲烈士的鲜血前进，展开不屈不挠的
斗争。
这首现代诗，描写了监狱内艰苦的环境，表达了作者坚贞不
屈的斗志。

刘铁之

诗一首

二月雪天，
被捕在"中大"门前①，
个个绳捆索绑，
忍受警察皮鞭；
若问犯了何罪？
为爱我国锦绣江山！
坐囚车，押解公安局转军监。
军监中，"军法"严，
脚带镣，衣衾寒；
铁窗里，从此作了囚犯。
一天两个窝窝头，
两盅清水无有盐。
再想起：
敌人入腹地，泪涟涟！
国将破，家将亡，

民族将沦丧，

汉奸何无耻！

勾敌自残伤，

捕杀爱国人，

奴颜事东洋②，

一朝人民翻身起，

叫你狗命见阎王！

[作者简介]

刘铁之（1916—1942）：笔名柳角风、铁流、韭青等，河北清河人，中国共产党党员。"九一八"事变时，因组织学生救国会而被学校开除，后转入北平镜湖高中。1935年成为共产党员后，任北平《学联报》编辑，编写大量抗日文章，后被捕入狱。出狱后，回到家乡从事革命活动，曾任冀南军政委员会主任、冀南主任公署民政处长兼滏北办事处主任、冀南边区政府高等法院秘书长等职。

1942年4月29日，侵华日军对冀南区实施"大扫荡"。在突围战斗中，刘铁之被敌机炸伤，壮烈牺牲在侵略者的刺刀下，年仅26岁。

[注释]

①中大：指北平中国大学。

②东洋：指日本。

[解读]

　　无罪而被逮捕，遭受着警察无情的皮鞭，而原因竟是爱国。脚戴镣铐，衣衫单薄，每天的伙食只有两个窝窝头、两盅清水，甚至连盐都没有。在这样艰苦的条件下，作者依旧忧国忧民，想起国破家亡不禁泪如雨下。而造成这一切的，不仅仅是侵略者，还有那无耻汉奸，他们与敌人勾结在一起伤害国人。

　　在这首诗里，作者交代了进入监狱的缘由，描写了监狱里的惨状，控诉了汉奸的无耻行径，表达了对祖国的热爱。

林　旭

狱中示复生①

青蒲饮泣知何补②，
慷慨难酬国士恩③。
欲为君歌千里草④，
本初健者莫轻言⑤。

[作者简介]

　　林旭（1875—1898）：字暾谷，号晚翠，福建侯官（今福州）人。清末维新派人士，"戊戌六君子"之一。自幼入私塾读书，博闻强识，聪敏好学，参加福建恩科乡试，中第一名举人。中日甲午战争时，清廷签订《马关条约》，国家陷入严重危机，林旭投身到救亡图存、振兴中华的维新变法运动中。

　　1898 年，变法失败后，林旭被捕。9 月 28 日，被杀害于宣武门外菜市口，时年 23 岁。

[注释]

①复生：指谭嗣同，谭嗣同字复生。

②青蒲饮泣：指朝臣伏在蒲团上劝谏皇帝，出自《后汉书·史丹传》。

③国士：指光绪皇帝。

④千里草：将"董"字拆分，就是千里草，在这里指当时的甘肃提督董福祥。

⑤本初：三国时期的袁绍字本初，在这里暗喻袁世凯。

[解读]

据历史记载，戊戌变法时，光绪被扣押，发密诏向维新派人士求救。林旭与谭嗣同在救援计划上产生了分歧，林旭认为应该动用甘军首领董福祥的部队，而谭嗣同则认为应该求助袁世凯，结果他们被袁世凯出卖，导致变法最终失败。

作者在这首诗中借用暗喻的修辞手法，并引用典故，表达了自己的感慨悲痛。通过作者含蓄深沉的表达，可以感受到作者壮志未酬的遗憾。

陈 然

我的"自白"书[①]

任脚下响着沉重的铁镣，
任你把皮鞭举得高高，
我不需要什么自白，
哪怕胸口对着带血的刺刀！

人，不能低下高贵的头，
只有怕死鬼才乞求"自由"；
毒刑拷打算得了什么？
死亡也无法叫我开口！

对着死亡我放声大笑，
魔鬼的宫殿在笑声中动摇；
这就是我——一个共产党员的自白，
高唱凯歌埋葬蒋家王朝[②]。

[作者简介]

陈然（1923—1949）：原名陈崇德，河北大名人，抗日战争初期加入中国共产党。在中共南方局文委的领导支持下，他在重庆参与筹办《彷徨》杂志，宣传革命。后在中共地下党重庆市委的机关刊物《挺进报》担任特支组织委员、书记，负责报纸的油印工作。

1948 年 4 月，因叛徒出卖，陈然被国民党反动派逮捕。1949 年 10 月 28 日，陈然在重庆大坪刑场壮烈牺牲，时年 26 岁。

[注释]

①自白：自己说明自己的意思、想法。
②蒋家王朝：指蒋介石领导的国民党反动派政府。

[解读]

陈然被捕后，被关在重庆渣滓洞监狱，面对敌人的严刑拷打，他始终坚贞不屈，当敌人要求他写"自白书"时，他严正拒绝，没有妥协，而是以"我的自白书"一诗表明志向。

这是一首充满激情的诗，彰显了作者高尚的革命情操与大无畏的牺牲精神。

余文涵

铁窗明月有感

铁窗明月恨悠悠，
无限苍生无限仇，
个人生死何足论，
岂能遗恨在千秋①！

[作者简介]

余文涵（1917—1949）：字复源，乳名学成，笔名惠波、大涛，四川长宁人，中国共产党党员。学生时代起就积极参加进步活动，宣传抗日救亡思想。曾任中共达县特支书记、中共川南六县（江安、长宁、南溪、庆符、珙县、兴文）边区县委书记等职。

1949年余文涵不幸被捕，同年6月被国民党反动派杀害，时年32岁。

[注释]

①千秋：指上千年的时间，形容时间漫长。

[解读]

明月，在传统文化中寓意美好团圆，而站在牢狱中望着窗外的明月，是何等凄凉。作者心中有恨、有仇，可是心怀苍生的他，不把个人的生死看得十分重要，他的死，甚至不值得一提。因为他知道，他的死，能够换来更多人的生；他的死，能够换来革命的胜利。

这首诗以铁窗和明月起笔，寓意深远，给人广阔的思考空间，表达了一个共产党人忧国忧民的情感，以及置个人生死于不顾的伟大胸怀。

刘振美

无　题

凤尾从来逞艳姿，巴山夜雨梦回迟①。
史家高秉董狐笔②，诸子低吟鲁迅诗。
初稼新逢六月雪，厄杨仍发一年枝。
余生入狱何足畏，且看中天日影移。

1949年渣滓洞楼上一号牢房

[作者简介]

　　刘振美（1916—1949）：四川纳溪人，文化工作者。自幼热爱文学艺术，曾在清华大学旁听，参与"一二·九"学生运动，投身抗日反蒋爱国斗争，遭反动当局逮捕。被营救出狱后，回到四川，从事进步文化宣传活动。曾创办《联合周刊》，宣传救亡图存和抗日民族统一战线思想。

1947 年夏，刘振美被捕，因于重庆渣滓洞集中营；1949 年 11
月 27 日，在渣滓洞惨遭杀害，时年 33 岁。

[注释]

①巴山夜雨：指客居他乡又逢夜雨连绵的孤寂情景。

②董狐笔：董狐是春秋晋国太史，他作为史官，不畏强权，
是不阿权贵的正直史家。在赵盾族弟赵穿杀死晋灵公后，董狐以
"赵盾弑其君"记载了这件事，留下"董狐直笔"的典故，指敢于
秉笔直书，尊重史实。

[解读]

这首名为《无题》的诗，是作者在狱中所作，作者为了宣传
抗战而四处奔走，不幸被捕而因于异乡。面对暗无天日的牢狱生
活，作者引用董狐的典故，相信自己的所作所为一定会得到公正
的记载，他和狱友们低声吟诵着鲁迅的诗互相鼓励。虽然新生的
稼苗遭逢了寒雪，但那坚强的杨树依旧会发出新枝，作者认为自
己的入狱并不可怕，看看那天上的太阳吧，他坚信，正义终有一
日会到来。

这首诗引用典故，表达了作者对于所选择的道路的坚定信念，
运用比喻与对比手法，把在狱中遭受苦难的人们比喻为遭遇寒雪
的稼苗，把铁牢外的革命的发展壮大比喻为新生的杨树枝，并将
这两者进行对比，给人以广阔的想象空间。

叶 挺

囚 歌

为人进出的门紧锁着，
为狗爬出的洞敞开着，
一个声音高叫着：
——爬出来吧，给你自由！

我渴望自由，
但我深深地知道——
人的身躯怎能从狗洞子里爬出！

我希望有一天
地下的烈火，
将我连这活棺材一齐烧掉，
我应该在烈火与热血中得到永生！

[作者简介]

叶挺（1896—1946）：原名叶为询，字希夷，号西平，广东归善（今惠阳）人，中国共产党党员。1924 年，叶挺前往苏联学习，同年 10 月加入中国社会主义青年团，12 月加入中国共产党。回国后，任国民革命军第四军参谋处长，后改任独立团团长，参加北伐战争，他战无不胜，攻无不克，成为北伐名将。后任工农红军总司令、新四军军长等职。

1946 年 4 月 8 日，叶挺坐飞机从重庆返回西安，中途因飞机失事，在山西兴县黑茶山遇难，时年 50 岁。

[解读]

"皖南事变"后，时任新四军军长的叶挺将军，遭国民党反动派当局长期拘禁。这首诗就是作者被囚禁于重庆郊区的红炉厂时创作的。原诗落款是"六面碰壁居士"，这是对当时的遭遇生动形象的写照。

这首诗文风质朴、铿锵有力，读来荡气回肠。以门和狗洞进行对比，强调人不能仅为自由而失去尊严，即"士可杀不可辱"，表达了甘愿为革命事业牺牲的志愿。作者要在烈火和热血中得到永生，彰显了崇高的革命气节。

吕大千

狱中遗诗

时代转红轮，
朝阳日日新；
今年春草除，
犹有来年春。

[作者简介]

吕大千（1909—1937）：原名吕树俊，黑龙江宾县人，中国共产党党员。7 岁丧父，家境贫寒而母亲仍然供他读书，曾在宾县中学、哈尔滨市特别区第二中学、北平民国大学等校求学，其间接触进步书刊，并踏上革命道路。毕业后回到宾县，担任宾县中学训育部主任兼语文教师，在学生间宣传革命道理。曾任中共宾县特别支部宣传委员、书记等职，是中共宾县党组织的创建人和领导人之一。

1937 年 5 月因组织遭破坏，吕大千被捕入狱，同年 7 月被日寇杀害于哈尔滨圈河，时年 28 岁。

[解读]

吕大千的一生，是为党的革命事业努力奋斗的一生。当他陷入监牢，他没有放弃斗争，他曾试图越狱而不幸失败，被关进黑牢。面对敌人的严刑拷打，面对沉重的镣铐，他镇定自若，表现了一个革命者英勇无畏的气度。

在狱中，他忍痛作诗，将党的革命事业比喻为新生的红日，而且他坚信，革命者就像那春天的草，拥有蓬勃的生命力，即使被除去了，明年也会发新芽。这首诗表达了他对中国共产党的无限忠诚以及相信革命事业必胜的坚定信念。

第四篇

歌死志，铸忠魂

人生自古谁无死，留取丹心照汗青

夏明翰

就 义 诗

砍头不要紧，
只要主义真①。
杀了夏明翰，
还有后来人。

[注释]

①主义：这里指马克思主义。

[解读]

1928 年 3 月 20 日清晨，汉口余记里刑场临刑前，夏明翰写下了这首遗诗。

这首五言诗，风格质朴、浑然天成，表达了作者为革命事业舍生取义、杀身成仁的牺牲奉献精神。作者坚定地相信马克思主义，坚定地相信革命必将胜利。在夏明翰牺牲后，这首诗得到了广泛的传播，唤醒了无数的后来者。

蓝蒂裕

示　儿

你——耕荒[①],
我亲爱的孩子;
从荒沙中来,
到荒沙中去。

今夜,
我要与你永别了。
满街狼犬[②],
遍地荆棘[③],
给你什么遗嘱呢?
我的孩子!

今后——
愿你用变秋天为春天的精神,
把祖国的荒沙,

耕种成为美丽的园林！

1949 年 10 月就义前夜

[作者简介]

蓝蒂裕（1916—1949）：又名俊安、亚松、刘定，四川梁山（今重庆梁平）人，中国共产党党员。曾在重庆海员工会担任《新华日报》发行员，暗中进行党的联络工作，"皖南事变"后，转移到重庆附近组织农民运动。1941 年年底，在江北县被捕，后挖墙成功越狱。曾任垫江县周嘉场特支书记。

1948 年 12 月，蓝蒂裕被捕，囚禁于重庆渣滓洞监狱，在狱中，他团结狱友，坚持斗争，成为"铁窗诗社"一员，创作诗歌鼓励狱友。1949 年 10 月 28 日，蓝蒂裕在重庆大坪刑场被国民党反动派杀害，时年 33 岁。

[注释]

①耕荒：蓝耕荒，蓝蒂裕之子。

②狼犬：指侵略者、压迫者。

③荆棘：指奸佞小人、纷乱，喻艰险境地。

[解读]

临刑前，作者写下《示儿》这首诗，交给同样囚禁在渣滓洞监狱六号牢房的狱友。

在这首诗中，作者作为一位即将离开人世的父亲，用深切的口吻倾诉了自己最后的担忧与期待。这是一个"满街狼犬，遍地荆棘"的世界，面对这样的世界，他希望儿子耕荒能够继承他的遗志，去"用变秋天为春天的精神，把祖国的荒沙，耕种成为美丽的园林"。

吉鸿昌

就 义 诗

恨不抗日死，
留作今日羞。
国破尚如此①，
我何惜此头。

[作者简介]

吉鸿昌（1895—1934）：字世五，原名吉恒立，河南扶沟人，中国共产党党员。早年从军入伍，参加北伐战争；加入中国共产党后，积极抗日，参与组织中国人民反法西斯大同盟，并被推举为主任委员。曾任察哈尔民众抗日同盟军第二军军长。

1934 年 11 月 9 日，吉鸿昌在天津法租界遭特务暗杀受伤，后被逮捕。11 月 24 日，在北平陆军监狱被国民党反动派杀害，时年39 岁。

①国破：国家灭亡。

[解读]

吉鸿昌是传统旧军人出身，却有着强烈的救亡图存意识与高尚的革命情怀，当他面对日本帝国主义侵略者，面对国民党的消极抵抗态度，他加入共产党，积极抗日。他的一生，是为了反封建反侵略而不懈奋斗的一生。

这首诗虽只有四句话，却蕴含了作者对祖国深深的眷恋与无限的遗憾。据传，这首诗是他用树枝写在刑场地面上的。通过这首诗，可以感受到作者那无奈的心绪，他本来是可以战死沙场的，如今却命丧于此，但作者觉得自己死不足惜，可惜的是再也不能为国征战了。

周文雍

绝 笔 诗

头可断，肢可折，
革命精神不可灭。
壮士头颅为党落[①]，
好汉身躯为群裂。

[作者简介]

周文雍（1905—1928）：广东开平人，中国共产党党员。五四
运动爆发后，进入广东省立第一甲种工业学校（今华南理工大学）
机械科读书，受革命思潮影响，积极参与学生运动，后加入中国
共产党，并参加省港大罢工与广州起义。曾任中共广东区委工委
委员、广州工人纠察队总队长、中共广州市委组织部长兼市委工
委书记等职。

为了更好地执行党的任务，周文雍与陈铁军假扮夫妻，进行

地下工作。1928年1月27日，因叛徒告密，两人被捕。当两人被判死刑后，法官问他们有什么要求，周文雍提出要和妻子拍一张照片，此要求被应允，于是就留下了两人并肩立于铁窗前的合影。1928年2月6日，两人在红花岗刑场举行了婚礼，之后从容就义。这段"革命伴侣"壮烈牺牲的故事被后人称为"刑场上的婚礼"。

[注释]

①党：指中国共产党。

[解读]

1928年2月6日，在就义之前，周文雍在墙壁上题写了《绝笔诗》，之后奔赴刑场。

这首诗，语言风格干净利落，表达了一位革命者在临死之际对于革命事业的无限忠诚。生死关头，从容就义，这需要多么大的勇气、多么高的觉悟，而作者高度凝练的诗句，更是彰显了他义无反顾为革命献身的精神，非常震撼人心。

朱也赤

就 义 诗

狱卒呼吾名，从容就酷刑。
人生谁不死，我当享遐龄[①]！
白色呈恐怖[②]，鉴江激怒鸣[③]。
英灵长不灭[④]，夜夜绕高城。

[作者简介]

朱也赤（1899—1928）：原名朝柱，又名克哲，广东茂名人，中国共产党党员。曾就读于广东高等师范学校、广东医药专门学校。青年时期积极投身革命活动，加入中国共产党，领导农民运动与农民起义，曾担任中共茂名县党支部书记、茂名县农协筹备处主任等职。

1928 年，因叛徒告密，朱也赤不幸被捕，他坚强不屈，在狱中写下了正气凛然的《就义诗》。1928 年 12 月 23 日，在高州城郊东门岭英勇就义，时年 29 岁。

[注释]

①遐龄：指高寿，高龄。

②白色呈恐怖：白色恐怖，指反动派残酷镇压人民的恐怖气氛，出自鲁迅《且介亭杂文·关于新文字》。

③鉴江：广东省沿海河系中的最大河流，流经信宜、高州、化州、吴川等四县市。

④英灵：受崇敬的人死去后的灵魂，这里指烈士的灵魂。

[解读]

朱也赤面对国民党反动派残酷的刑罚，毫不畏惧，他写下了几首抒发革命豪情的诗。这些诗由去监狱探望他的战友带出来，得以广为流传。

这首《就义诗》风格慷慨激昂、气壮山河。作者听到狱卒叫自己的名字，从容地接受酷刑。人生难免一死，作者本来应该享受高龄的，可是面对白色恐怖，他勇敢站起来反抗，即使今天死了，灵魂也不会灭亡。这首诗表现了共产党人崇高的革命气节。

杨 超

就 义 诗

满天风雪满天愁，
革命何须怕断头？
留得子胥豪气在[①]，
三年归报楚王仇！

[作者简介]

　　杨超（1904—1927）：江西德安人，中国共产党党员。曾在南京东南大学附属中学读书，并加入中国社会主义青年团，后进入北京大学读书。五卅运动爆发后，在北大党组织领导下积极参与爱国运动，并加入中国共产党，1926 年由党派回江西担任中共江西省委委员，后赴德安担任中共县委书记。

　　"四一二"反革命政变后，杨超转往南昌、武昌、河南等地工作；10 月，党任命他为特派员再回江西，不幸在九江被特务逮捕。

1927 年 12 月 27 日，杨超在南昌市德胜门外下沙窝牺牲，年仅 23 岁。

[注释]

①子胥：即伍子胥，春秋末期吴国大夫。他的父兄无罪而被楚平王杀害，他逃到吴国，成为吴王阖闾信任的重臣。后来，伍子胥带兵攻打楚国，掘楚平王之墓，鞭尸三百，得以报父兄之仇。

[解读]

12 月的寒冬，朔风呼啸，大雪纷飞，面对凶残的敌人，作者想起了伍子胥为父兄报仇雪恨的故事。而他，是为革命牺牲的，所以作者坚信，他的死，不是没有价值的，他的血，不会白流，他死后会有千千万万的革命志士为他复仇。

这首诗风格豪迈大气，语言凝练而掷地有声，显示了一位革命者就义之际从容不迫的气度。

邓雅声

绝 命 诗

平生从不受人怜，
岂肯低头狱吏前！
饮弹从容向天笑[①]，
永留浩气在人间[②]！

[作者简介]

邓雅声（1902—1928）：湖北省黄梅人，中国共产党党员。自幼家境贫寒，但勤奋好学，广泛结交进步学生，阅读马列主义著作。成为党员后，积极组织学生运动与农民运动，大力发展教育，宣传革命思想。曾任中共黄梅县委会组织部部长、湖北省农民协会秘书长、京汉路南段特委委员、特委书记等职务。

1928年年初，邓雅声赴武汉向省委汇报工作时被捕，敌人用高官厚禄进行诱降，遭到他的拒绝。1928年2月19日，在汉口余记里空坪英勇就义。

[注释]

①饮弹：指身上中了子弹。
②浩气：正气。

[解读]

大革命失败后，中国共产党转入地下秘密活动。彼时的武汉，在白色恐怖的笼罩之下，可谓犬吠狼嚎遍及江城。邓雅声明知凶多吉少，却不顾个人安危，按时奔赴汉口。被特务逮捕后，同是出身黄梅的湖北军政头目胡宗铎，千方百计诱降他，但他自始至终坚定信念，决不屈服，写下了"饮弹从容向天笑，永留浩气在人间"这样气壮山河的诗句。

这首《绝命诗》，用词简练却意蕴深长，表现了一个共产党人面对危亡时坚贞不屈的高贵品格。

王幼安

就 义 诗

马列思潮沁脑骸，
军阀凶残攫我来^①，
世界工农全秉政^②，
甘心直上断头台。

[作者简介]

王幼安（1896—1928）：又名王宏文，湖北麻城人，中国共产党党员。在湖北省立第一师范学校读书期间，积极投入学生运动，参加反帝反封建斗争，毕业后回麻城县高等小学任国文教员，1925 年到武昌省立第五小学任教并加入共产党，积极领导农民运动，注重武装斗争。曾任湖北省党部特派员、麻城县教育局局长等职。

1927 年冬，王幼安秘密到宋埠购买枪支武器，在搬运途中由于坏人告密，不幸被捕。1928 年 2 月 17 日，在麻城宋埠干沙河畔被国民党反动派残忍杀害，时年 32 岁。

[注释]

①攫：掠夺。
②秉政：执政，掌握政权。

[解读]

王幼安在读书期间，接触到了马列主义，深受影响，曾上街参加示威游行，散发革命传单，反对列强侵略，抗议军阀压迫，积极宣传革命思想。在一次运输武器的途中，他不幸被捕。面对凶残的敌人，王幼安选择了继续抵抗，决不屈服。

本诗节奏明快，旨意鲜明，表达了作者对共产主义的向往，对工农民主专政的深切期盼，以及为革命献身的大无畏气概。

王干成

临刑前的遗曲

蒋介石，狼心狗肺，
杀人放火，胡作非为，
杀害良民千千万，祖国四处凄凉景。

反动政府，贪官污吏大本营，
每日里花天酒醉，处处欺压人民，
把我革命者踩踏在铁蹄，
造谣言，放空气，造成白色恐怖满天飞。
说什么，要铲除第三国际①，
说什么，共产党压迫人共妻，
这些话，完全无根蒂②，
都是他，信口乱放屁。
可恨那土劣互相狼狈③，利用那"清乡"，
到处刮地皮。

革命战鼓咚咚响，把我的精神提起了百倍。

俺老李④，生是革命人，死是革命鬼，

生和死，死和生，

生生死死，死死生生就在这一回。

来到刑场不下跪，看把老子怎么的？

但愿我革命早日胜利，红旗飘扬日光辉。

[作者简介]

王干成（1900—1931）：湖北黄梅人，中国共产党党员。在广济县垄坪成立长江独立第七支部，曾任中共瑞昌县区委副书记、瑞昌县临时苏维埃主席等职。

1931 年，王干成被反动派逮捕，在狱中受尽折磨，但他坚贞不屈，决不屈服，是年冬天，在瑞昌黄沙洞壮烈牺牲，时年 31 岁。

[注释]

①第三国际：又名共产国际，列宁领导创建的共产党和共产主义组织的国际联合组织。

②根蒂：事物发展的根本或初始点；根由。

③土劣：土豪劣绅的简称。

④老李：王干成被捕前后化名为老李。

[解读]

1931 年，正值第二次国内革命战争时期，国民党对内实行白色恐怖统治，对共产党实行围剿政策，百般阻挠革命力量的发展壮大。王干成因身为中共党员被捕，面对凶狠的敌人，他毫无畏惧，用这首诗，直白地表达了他心中的愤怒。

这首诗，风格锐利，充满激情，开篇第一句便直指矛盾中心，也就是国民党反动派头目蒋介石，细数蒋介石及其反动政权的罪行，以及他们对中国共产党的污蔑。在诗歌的最后，作者表达了无惧死亡且坚信革命必胜的信念，语言铿锵有力，感人至深。

王泰吉

困顿漫语

堪叹国事日益非[①]，
屡经起义与愿违。
莫行于先谁继后，
自我牺牲视如归。

[作者简介]

王泰吉（1906—1934）：字仲祥，陕西临潼人，黄埔军校第一期学员，在校期间加入中国共产党。毕业后，党组织安排他到国民革命军第二军开展工作，后又到陕军甄寿山部任学兵营营长，"四一二"反革命政变后，在陕西麟游县率部起义。曾任西北工农革命军参谋长、西北民众抗日义勇军总司令、红军第二十六军第四十二师师长等职。

1934年1月，王泰吉去豫陕边做兵运工作，途经淳化县被捕；

3月3日，在西安军法处英勇就义，时年28岁。

[注释]

①国事：泛指跟国家有关的具体事情，尤指与政治相关的事。

[解读]

国家无主权，民族不独立，国民受欺辱。在那个风雨飘摇的时代，在爱国进步人士看来，整个国家都处于水深火热中。为了挽救危局，王泰吉曾参与多起武装起义，但这些起义最终都失败了。作者认为，革命的道路，如果没有人去开拓，就不会有后继者了，所以他甘愿牺牲，视死如归。

这首诗，抒发了作者献身革命的壮志豪情，语言铿锵有力，不但表现了作者愿为革命牺牲的钢铁意志，而且充满了革命必胜的坚定信念。

刘国铚

就 义 诗

同志们，听吧！
像春雷爆炸的①，
是人民解放军的炮声！
人民解放了，
人民胜利了！
我们没有玷污党的荣誉！
我们死而无愧！
……

重庆解放前夕赴刑场之际朗诵于白公馆

[作者简介]

刘国铚（1921—1949）：四川泸县（今泸州）人，中国共产党

158

党员。就读于西南联合大学经济系，师从陈岱孙、费孝通。毕业后积极投身革命，组织青年抗日民主活动，领导抗暴游行。曾任中共重庆沙磁区学运特支书记。

1948 年 4 月，刘国鋕因上级的出卖而被捕，囚于重庆白公馆集中营，其家人积极营救，面对敌人要求签悔过书才能释放他的条件，刘国鋕没有屈服。1949 年 11 月 27 日，刘国鋕在国民党特务的大屠杀中壮烈牺牲，时年 28 岁。

[注释]

①春雷：打春雷代表着天气转暖，万物复苏，象征着新生的希望。

[解读]

1949 年 11 月 27 日，距离重庆解放还有三天，重庆白公馆集中营内，却是阴森凄惨不可名状。国民党反动派在进行惨绝人寰的血腥大屠杀，对象都是羁押已久的共产党员及进步爱国人士。

刘国鋕便是其中殉难的一位烈士，这首《就义诗》是他被押赴刑场时，高声朗诵的。他听到了不远处解放军隆隆的炮声，听到了人民胜利的声音，即使此刻自己马上就要死了，他也死而无憾，他没有玷污党的荣誉。这首诗很短，却凝聚着作者全部的热情与希望，彰显了一位革命志士英勇无畏的牺牲精神。

邓恩铭

诀　别

三一年华转瞬间，
壮志未酬奈何天[①]。
不惜唯我身先死，
后继频频慰九泉[②]。

[作者简介]

邓恩铭（1901—1931）：水族，贵州荔波人，中国共产党党员。少年时便忧国忧民，曾参加反日讨袁爱国运动，后投靠在山东担任官职的亲戚，就读于济南省立第一中学，五四运动爆发后，组织领导学生运动。1920年在济南发起建立马克思学说研究会，与王尽美一同组织共产主义小组，加入中国共产党。1921年出席中国共产党第一次全国代表大会。曾任中共青岛市委书记、山东省委书记。

1928 年，邓恩铭被捕，在狱中他领导两次绝食斗争，组织两次越狱，使得部分狱友得以脱险。1931 年 4 月 5 日，在济南市纬八路刑场被敌人杀害，时年 30 岁。

[注释]

①奈何天：无可奈何的现状，指即将牺牲。
②频频：连续不断地，指革命的后继者很多。

[解读]

邓恩铭是中国共产党创始人之一，他追求真理，献身革命，为马克思主义的传播、为工人运动的发展做出了重要贡献。直到被关在狱中，面对敌人的酷刑折磨，他依旧坚持斗争，领导组织狱友绝食、越狱，显示了一位优秀共产党员顽强不屈的品质。

这首诗是他在济南狱中所作，随信寄给母亲的，表达了忠于革命、视死如归的志向。作者尽管有对年华逝去的惋惜，有对壮志未酬的无奈，但他毫不退却。他要以自己的一腔热血，去染红革命的旗帜，去唤醒越来越多的后来者。

张剑珍

就 义 诗

人人喊倕共产嫲，
死都唔嫁张九华^①！
红白总要分胜负^②，
白花谢了开红花！

[注释]

①唔：不，不要。张九华：当地反动派头目。

②红白：红，指共产党；白，指国民党及其白色恐怖统治。
下句的白花与红花分别代表共产党、国民党。

[解读]

张剑珍能说会唱，擅于通过编唱歌谣宣传革命精神，是农民协会的宣传员，在进行革命宣传时，她总能结合每个地方斗争的特殊情况，自编自唱，出口成章，为激发民众的革命热情做出重要贡献。1931年，她在紫金县一带活动时，不幸被捕，押解她的反动派头目张九华见她年轻美貌，想要纳她为妾，遭到了严词拒绝。面对敌人的严刑拷打，张剑珍坚贞不屈，在行刑现场，高歌《就义诗》，从容就义。

这首诗，以诗明志，表达了张剑珍宁死不屈的崇高品格，而最后两句诗，以红代表共产党，以白代表国民党，"白花谢了开红花"，寄托了作者对革命事业的无限期待。

王孝锡

绝 命 词

纵有垂天翼①，难脱今夜险。

问苍天：何不行方便？

驭飞云，驾慧船，搬我直到日月边。

取来烈火千万炬，这黑暗世界，化作尘烟。

出铁笼，看满腔热血，洒遍地北天南。

一夕风波路三千，把家园骨肉，齐抛闪②。

自古英雄多患难，岂徒我今然。

望爹娘，休把儿挂念，

养玉体③，度残年，

尚有一兄三弟，足供欢颜；

儿去也，莫牵连！

[作者简介]

王孝锡（1903—1928）：字遂五，甘肃宁县人，中国共产党党员。曾在国立西北大学求学，在校期间结识魏野畴等共产党人，积极参与反军阀斗争与五卅运动。成为共产党员后，曾以国民党中央特派员的身份到兰州开展工作，为宣传马列主义、播撒革命火种做出重要贡献。曾担任中共彬（陕西彬县）宁（甘肃宁县）支部书记。

1928 年 11 月 26 日，王孝锡被国民党反动派逮捕；同年 12 月 30 日，在兰州安定门外萧家坪刑场慷慨就义，年仅 25 岁。

[注释]

①垂天翼：比喻凌云壮志。
②抛闪：丢弃，舍弃。
③玉体：敬辞，称别人的身体。

[解读]

在监狱中，面对敌人的严刑拷打，王孝锡与敌人进行了艰苦卓绝的斗争，当得知敌人想要杀害他的时候，他并没有畏惧，索来纸笔，写下这首慷慨激昂之作。

词的上阕，作者面对死亡，他内心虽希望能够逃离，但是他绝不会投降，他要化作火炬，照亮这黑暗的世界；词的下阕，化用自《红楼梦》中的散曲《分骨肉》，作者告慰家中父母，要保重身体，不要为自己的离去而过多伤心。"儿去也，莫牵连"，这一句决绝的话，表现了一个共产党员坚贞不屈、视死如归的英雄气概。

张锦辉

就 义 诗

唔怕死来唔怕生，天大事情妹敢当；
一心革命为穷人，阿妹敢去上刀山①。

打起红旗呼呼响，工农红军有力量；
共产党万年走天下，反动派总是不久长。

穷苦工农并士兵，希望大家要齐心；
打倒军阀国民党，何愁天下唔太平。

[注释]

①上刀山：比喻身处极其艰难危险的境地。

[解读]

张锦辉的诗歌，生动而富有力量，简明易懂且深入人心，为宣传革命真理做出了重要贡献。

这首诗是张锦辉被押赴刑场的路上高声歌唱的。作为一名宣传员、一名红色歌手，张锦辉在生命的最后一刻，仍然坚守使命，为宣传革命真理而引吭高歌，此情此景，让人动容。她不怕死亡，为了穷人能够得到解放，天大的难事她都敢去做，就是上刀山也在所不惜。这首诗表达了作者义无反顾献身革命的坚贞信念，体现了革命者为了天下太平视死如归的高尚情怀。

程晓村

给 同 志

去，勇敢地去吧！
望着死，
我也前去！
要自由，
怕死是懦弱的，
流出一条血路。
这一条路，
让后一代子孙走去。
要知道，
死了自己，
还有无穷尽的继起的同志①。
无穷尽的后备军，
在踏着我们的血来了呀！
亲爱的同志！

程晓村（1913—1941）：又名程翊，化名路马，江西鄱阳人，中国共产党党员。曾就读于南京军校，后到上海天德小学执教，先后参加"国难教育社""青年救国会"等进步团体，积极从事抗日救亡活动。1939 年回到故乡鄱阳，任中共鄱阳县委委员，组织地方武装，开展抗日活动。因反击国民党第二十一军对地方的骚扰，遭逮捕，后越狱到汪山坞，建立赣北游击队，任司令。

1941 年 7 月，程晓村在石头湾负伤被俘，同年 7 月 30 日，壮烈牺牲，时年 28 岁。

[注释]

①继起：继续兴起、奋起。

[解读]

这首诗，是程晓村在就义前写给同志的诗。他知道，等待他的，是一条死路，然而，他望着那条死路，却毫无畏惧，因为他明白，他死了，会有更多的同志继续革命，他之死，是以鲜血唤起人们的斗志。人人都怕死，但为了革命，为了子孙后代的幸福，他毫无畏惧地走上了牺牲的道路。

这首诗，内容通俗易懂，句句发自肺腑，将革命比喻为"一条路"，号召同志们踏上这条洒满了烈士鲜血的革命之路，读来感人至深。

车耀先

自誓诗

喜见东方瑞气升①，
不问收获问耕耘，
愿以我血献后土②，
换得神州永太平。

[作者简介]

车耀先（1894—1946）：四川大邑人，中国共产党党员。早年参加川军，目睹军阀混战民不聊生，后投身革命事业，加入中国共产党。在成都经营"努力餐馆"，掩护革命活动；主办"注音符号传习班"，引导有志青年走上革命道路；创办《大声》周刊，进行抗日宣传。

1940年，车耀先在国民党制造的"抢米事件"中被捕，被关押在重庆军统望龙门监狱，后转移到贵州息烽监狱，被监禁长达六年之久。1946 年 7 月，被押到重庆中美合作所白公馆监狱。1946 年 8 月 18 日，被国民党特务杀害于松林坡戴笠的停车场。

[注释]

①瑞气：吉祥之气。
②后土：大地。

[解读]

这是车耀先入党后写的一首诗。

作者认为，中国共产党及其领导的工农阶级，才是中国真正的希望、真正的未来。作者用"瑞气"来形容他投身其中的革命事业，表达了对于革命事业的热爱；作者以诗言志，愿意用自己的血去换取革命的胜利，去换取真正的太平，表达了一位革命战士视死如归的高尚节操。

续范亭

哭　陵

赤膊条条任去留①，
丈夫于世何所求？
窃恐民气摧残尽②，
愿把身躯易自由。

[作者简介]

续范亭（1893—1947）：名培模，字范亭，号恕人，山西崞县（今定襄）人，中国共产党党员。早年参加孙中山领导的同盟会，参与辛亥革命，在国民政府任职。1936年，响应中国共产党号召，在山西推动抗日救亡运动，曾任山西新军总指挥、晋绥边区行署主任、晋绥边区副司令员等职。

1947年，续范亭病逝于山西临县，他留下遗书申请加入中国共产党。经中共中央批准，续范亭被追认为正式党员。

①赤膊：裸露上身。
②民气：人民群众对关系国家、民族安危存亡的重大局势所表现出来的意志、气势。

[解读]

1935 年，日本侵略者觊觎华北，国家陷于累卵之危。续范亭赴南京呼吁抗日却未得到国民政府的重视，于是在中山陵前剖腹死谏，幸而被救。这首诗是人们在抢救他时在其衣服口袋里发现的。

面对张狂的日本侵略者，续范亭心急如焚，而目睹反动政府卖国求利的无耻行径，他更是悲愤欲绝。于是这位爱国勇士以死谏的方式进行反抗，希望能警醒国人，唤起民众的反抗意识，其用心之苦，其举动之壮烈，可谓惊天地，泣鬼神！

吴厚观

题　壁

牺牲换人群幸福，
革命是吾侪之家①。
且将点滴血和泪，
洒遍天下自由花。

[作者简介]

　　吴厚观：湖南浏阳人，大革命时期农民协会干部。"马日事变"后，参加秋收起义，文家市会师后，他按照党组织的指示，离开主力部队，转入地方，发动群众，组织武装斗争。

　　1928年，吴厚观在执行任务的过程中，遭敌人围攻，不幸被捕牺牲。

[注释]

①吾侪：我辈；我们这类人。

[解读]

吴厚观被捕后，在监狱的墙上写下这首诗，曾在浏阳东乡广为流传。

这首诗中，作者表达了以革命为家的奉献精神。他深知革命是要流血牺牲的，他甘愿为革命献出生命与热泪，只愿普天下的百姓能够得到解放，不再生活在压迫之下。

魏 嬷

就 义 诗

又吹号筒又拿枪^①，
咁多士兵来送丧^②，
咁多官员做孝子，
死到阴间心也凉^③。

[作者简介]

魏嬷（1903—1928）：广东梅州人，中国共产党党员。3 岁时被卖为童养媳，1925 年，五华掀起农民运动，各乡纷纷成立农民协会，魏嬷主动参加农协会，动员穷人闹革命。曾任寸金乡妇女会长。

1928 年 3 月下旬，魏嬷在塘湖赤竹径被捕，后在龙村惨遭杀害，时年 25 岁。

[注释]

①号筒：旧时军队中传达命令的管乐器，筒状，管细口大，最初用竹、木等制成，后用铜制成。

②咁多：广东话，这么多。

③心也凉：心里痛快。

[解读]

魏嫲自小被卖为童养媳，深知穷人的苦难生活，所以当农协会成立的时候，她积极参加，并动员身边被压迫的穷人参加革命争取解放。

这首《就义诗》语言直白、淳朴豪迈，是魏嫲在就义时唱的山歌。明明是赴死的路，她却丝毫不感悲伤，因为她知道，她是为革命而死，是光荣的牺牲。她以一种戏谑的口吻称那些官员为"孝子"，并说就是到了阴间心里也快活，彰显了一位共产党员的革命乐观主义精神。

第五篇

忆韶华，缅音容

锦瑟无端五十弦，一弦一柱思华年

谭嗣同

兰州庄严寺①

访僧入孤寺，一径苍苔深②。
寒磬秋花落③，承尘破纸吟④。
潭光澄夕照，松翠下庭荫。
不尽古时意，萧萧雅满林。

[注释]

①庄严寺：位于兰州市城关区旧城中心鼓楼西侧，原名濮阳王庙。

②苍苔：青色苔藓。

③磬：寺庙中拜佛时敲打的钵形响器，用铜制成。

④承尘：古代在座位顶上设置的帐子。

[解读]

光绪十年（1884 年），谭嗣同的父亲谭继洵任甘肃布政使。在此期间，谭嗣同曾多次游览兰州，遍访兰州附近的名胜古迹，留下很多诗文。这首《兰州庄严寺》便是在游览庄严寺时所作。

路径上的苍苔，伴随磬声飘落的秋花，落日余晖映在澄澈的潭水上，翠绿的松树在庭院中形成了浓阴。作者通过对这一系列景色的描写，写出了古寺的幽静之美，而最后一句"不尽古时意，萧萧雅满林"表达了作者游赏庄严寺时的闲情逸趣。

林　旭

题三游洞①

闭门不看宜州山，
临去还来访窟颜。
聊欲向僧寻枕簟②，
溪轩暂卧听潺潺③。

[注释]

①三游洞：位于湖北省宜昌市南津关西陵山上。三游洞的名字有两个典故：唐时，作者白居易、白行简、元稹三人曾一同游过此洞，人称"前三游"；宋时，苏洵、苏轼、苏辙父子三人也一同游过此洞，人称"后三游"。

②枕簟：泛指卧具。

③潺潺：形容溪水、泉水等流动的声音。

[解读]

　　林旭文采很好，梁启超称赞林旭，说其"文如汉、魏人，诗如宋人，……流行京师，名动一时"。

　　在作者眼中，宜州山是没有必要非看不可的，而在临走时，却还是要来观赏三游洞的风光。与友人聊着天，和僧人借卧具一用，在临溪小屋子里暂时卧躺，听一听潺潺流水声，不失为一种恬淡雅趣。这首诗是作者游历三游洞时所题，作者对于三游洞景色着墨不多，但从所写之事可以领略到三游洞意境之美，可以说是未写景而胜于写景。

李大钊

山中即景[①]

一

是自然的美，是美的自然。
绝无人迹处，空山响流泉。

二

云在青山外，人在白云内。
云飞人自还，尚有青山在。

[注释]

①山中即景：1918 年，李大钊担任北京大学图书馆主任，这
一年暑假，他曾在河北昌黎五峰山度假，这首诗即此时所作。

[解读]

本诗虽是五言古体诗，但内容是口语化的，具有白话诗的特色。歌颂了大自然的美，意境幽雅，美在自然，美在意趣。具有音韵美，读来朗朗上口。

罗学瓒

随　感

我心如不乐，移足晤故人①。
故人留我饮，待我如嘉宾。
开怀天下事，不言家与身。
登高翘首望，万物杂然陈。
光芒垂万丈，何畏鬼妖精？
奋我匣中剑，斩此冤孽根！
立志在匡时②，欲为国之英。

[作者简介]

罗学瓒（1893—1930）：湖南湘潭人，中国共产党党员。曾就读于湖南省立第一师范学校，后赴法国勤工俭学，和李维汉等组织"工学励进会"，学习马克思主义，因参加革命活动，1921年10月被法国政府遣送回国，回到上海后，加入中国共产党。曾任湖南外交后援会文书主任、青年救国团主席、中共湖南省醴陵县委书记、中共湖南省委委员兼湘潭工委书记、中共浙江省委宣传部部长、中共浙江省委书记等职。

1929 年年初，罗学瓒奉命去浙江省委工作，就任省委书记。因叛徒出卖被捕。在狱中，面对威逼利诱，他毫不屈服，表现了坚强乐观的品质。1930 年 8 月 27 日凌晨，杭州陆军监狱中，敌人发动狱中大屠杀，罗学瓒被秘密杀害，时年 37 岁。

[注释]

①晤：见面，会面。
②匡时：挽救危难的时局，改造社会，纠正现状。

[解读]

这是一首明志诗，作者面对内忧外患的时局，颇感苦闷，与故友相聚开怀畅饮，讨论天下的时局，畅想美好的未来。面对眼前纷乱的社会局面，作者无所畏惧，他立志用手中的剑，也就是他的奋斗，去匡扶国难，他要成为民族的英雄。事实上，罗学瓒的确做到了这一点，他加入中国共产党，组织进步活动，参加革命运动，为民族的独立与解放奉献了自己的一生。

瞿秋白

江南第一燕

万郊怒绿斗寒潮，
检点新泥筑旧巢①。
我是江南第一燕，
为衔春色上云梢②。

[作者简介]

瞿秋白（1899—1935）：江苏常州人，中国共产党党员，中国共产党早期领导人之一。1925 年 1 月在党的"四大"进入中央局，担任领导工作；1927 年 8 月 7 日，主持召开八七会议。1931 年，在上海与鲁迅一道领导左翼文艺运动；1934 年，到苏区任中华苏维埃共和国人民教育委员。

1935 年 4 月 25 日，在福建长汀县水口尚潭，瞿秋白被国民党反动派逮捕，同年 6 月在福建长汀从容就义，时年 36 岁。

[注释]

①检点：指查看符合与否；查点。
②云梢：亦作云旃，指绘有云彩的旌旗。

[解读]

这是一首咏物诗。在一望无际的绿色郊野中，一只燕子迎着寒风而飞，它衔着新春的泥土，修筑旧的巢穴，飞翔在迎风招展的旌旗间，春意甚浓。作者托物言志，以燕子自况，不论时局多么危难，革命事业多么艰辛，他也要为挽救眼前这个古老的国家而奋斗，为她注入新的血液，使她焕发出新的生命力。

袁玉冰

勖　弟①

人生难得是青春，
要学汤铭日日新②。
但嘱加鞭须趁早③，
莫抛岁月负双亲。

[作者简介]

　　袁玉冰（1899—1927）：又名孟冰、冰冰，江西兴国人，中国
共产党党员。五四运动后，发起组织进步团体"鄱阳湖社"，后改
名为"江西改造社"，主编《新江西》杂志。曾在北京大学、莫斯
科东方大学学习。曾任上海社会主义青年团地委宣传部主任、共
青团江浙区委组织部主任、中共九江市委书记、兴国县委书记、
中共赣西特委书记等职务。

　　1927年12月13日，袁玉冰去南昌向省委汇报工作，因叛徒

告密，不幸被捕，12 月 27 日在南昌下沙窝英勇就义，时年 28 岁。

[注释]

①勖（xù）：勉励。

②汤铭：《大学》汤之盘铭曰："苟日新，日日新，又日新。"是商汤刻在浴器上的文字。

③加鞭：本指打马快走，常比喻努力学习、工作，加快进度。

[解读]

袁玉冰 11 岁的时候，就进入私塾学习，自幼发奋读书，要强进步。青年学生时期，目睹国家落后与社会黑暗，他在学校成立学生自治会，抨击封建礼教。五四运动爆发后，与黄道等人组织"鄱阳湖社"，后更名"江西改造社"，以改造社会为其宗旨，是五四运动后江西的第一个革命团体。这首勉励弟弟的诗，是作者 20 岁那年写的。

作者劝告弟弟，青春是人生最宝贵的时期，并引用汤铭的典故，勉励其弟要保持日日进步，要趁着青春年少加倍努力，不要荒废了光阴，辜负父母的期望。从这首诗中，我们可以看到作为兄长的作者是如何教导弟弟的，而作者自己也是言传身教，刻苦学习，起到了良好的带头作用。

夏明翰

红　珠

我赠红珠如赠心，
但愿君心似我心。

[解读]

1927 年"四一二"反革命政变后，白色恐怖统治日趋严重。这年 10 月，国民党公开通缉夏明翰。夏明翰没有退缩，而是进行了更激烈的斗争，他曾在一份报纸上这样写道："越杀越胆大，杀绝也不怕。不斩蒋贼头，何以谢天下。"妻子郑家均对此不无担忧。有一天，夏明翰从街上回来，手里举着一个纸包拿给妻子，说是送给她的礼物。纸包里是一颗闪闪发光的红珠，他接着递过一张纸，上面写着一句诗："我赠红珠如赠心，但愿君心似我心。"妻子郑家均将红珠紧紧握着，懂得了丈夫的良苦用心。

一颗红色的珠子，一颗跳动的心，夏明翰用一颗红珠向妻子表达爱意，更希望妻子能够理解自己的选择。这首诗向我们展示了那个年代革命志士朴素动人的爱情。

向警予

溆浦女校校歌

美哉，庐山之下溆水滨，
我校巍巍耸立当其前。
看呀，现在正是男女平等，
天然的淘汰①，触目惊心②。
愿我同学做好准备，
为我女界啊大放光明。

[作者简介]

向警予（1895—1928）：原名向俊贤，湖南溆浦人，中国共产党党员。1912年考入湖南省立第一女子师范学校，后转入周南女子中学。1918年参加新民学会，后赴法留学。回国后，加入中国共产党。曾任中国共产党第二次至第四次全国代表大会中央委员、党中央第一任妇女部长、妇女运动委员会第一任书记等职。

1928 年 3 月 20 日，由于叛徒出卖，向警予在法租界三德里被捕；同年 5 月 1 日在余记里空坪刑场牺牲，时年 33 岁。

[注释]

①淘汰：这是据达尔文进化论说的，不进化就会被淘汰。
②触目惊心：看见某种严重情况而内心震惊，形容事态严重，引起轰动。

[解读]

1916 年，向警予从周南女校毕业，抱着教育救国的志向回到家乡溆浦县城，接办溆浦女校。她接办女校后，实行男女合校，招收男学生，聘请男老师。以"自治心，公共心"作为校训，激励学生努力学习，积极向上，学校面貌从此焕然一新。为了让更多孩子获得教育，她翻山越岭，挨家挨户劝家长允许女儿上学。同时她还从长沙、常德等地邀请一大批思想进步的老同学来校任教。

从这首校歌，可以读出向警予对学生们的殷切期许，她强调男女平等，并用"物竞天择，适者生存"的理论来激励学生们努力进步，期望学生们为社会变得更加美好而奋斗。

李 飞

送友赴平升学①

瘴气茫茫在眼前②，开明道路是青年。
登山务期达绝顶，掘井何堪不及泉。
气壮应嫌天宇隘，心平莫畏世途艰。
英雄自古皆无种③，惟吾男儿志须坚。

[作者简介]

李飞（1917—1936）：原名李英华，吉林德惠人，中国共产党党员。曾任共青团下江特委书记。1936 年，李飞在战斗中牺牲，年仅 19 岁。

[注释]

①平：指北平，今北京。

②瘴气：喻指政治的黑暗。

③皆无种：并不是天生就有的，并不是天然形成的，出自《史记·陈涉世家》："王侯将相宁有种乎？"

[解读]

这是一首赠别诗，作者的朋友要去北平读书了，他赠诗一首，表明心意。虽说政府腐败无能，但是青年人的责任就是开拓新的道路，登山就一定要登到山顶，挖井就一定要挖到水，作者勉励友人，做事一定要坚持到底，绝不可半途而废；要有豪情壮志，不惧怕世间的困难，英雄不是生来就有的，是好男儿就要有坚强的意志力，有宏伟的志向。

袁国平

和毛主席长征诗

万里长征有何难？中原百战也等闲①。
驰骋潇湘翻浊浪②，纵横云贵等弹丸③。
金沙大渡征云暖，草地雪山杀气寒。
最喜腊子口外月④，夜辞茫荒笑开颜⑤。

[作者简介]

袁国平（1906—1941）：原名袁裕，字醉涵，笔名最寒，湖南邵东人，中国共产党党员。1925年10月进入黄埔军校第四期政治科第三大队学习。先后参加北伐战争、南昌起义、广州起义、五次反围剿作战和红军长征。曾任工农红军第四师党代表、红三军团政治部主任、红军教导师师长兼政委、红军步兵学校政委、新四军政治部主任等职。

1941年，蒋介石发动"皖南事变"。在一次突围激战中，袁国平中弹负伤，为了不连累战友，他举枪自尽，悲壮牺牲，时年35岁。

[注释]

①中原：本指黄河中下游地区，在这里指中国。

②潇湘：即潇水、湘江，是湖南境内的主要河流，这里指湖南地区。

③云贵等弹丸：云贵高原就像弹丸之地一样。

④腊子口：从四川省通往甘肃省的要口，地势险要。1935年9月16日至17日，中国工农红军第一方面军与国民党军队的三个团在这里发生了一次战斗，红军取得胜利，史称腊子口之战。

⑤茫荒：辽阔的荒野。

[解读]

这首诗是作者在结束长征并读了毛泽东诗作《七律·长征》之后写下的。首联写对于红军战士来说，万里长征并非难事，而那数不清的战斗也不过是平常事。颔联写到红军驰骋潇湘大地，纵横云贵高原，作者亲历过这些战斗，也见证了红军的确是一支英勇顽强的队伍。颈联的"征云暖"，生动地写出了强渡大渡河与巧渡金沙江时的高昂士气。"杀气寒"则突出强调了爬雪山、过草地时艰苦的自然环境给红军带来的挑战，但是，红军战士无惧艰辛，最终取得了胜利。尾联写红军战士取得腊子口之战的胜利后喜悦的心情。

这首七律生动鲜明地写出了长征过程中的一些重大场面，展现了红军战士的革命乐观主义精神。

萧楚女

奋 飞 曲①

敬亭拱北②,
宛水环东③,
山川明秀郁葱茏。
高斋荫影④,
叠嶂重重,
吾校巍然镇其中。
今日少年,
断粥身功⑤,
将来东亚主人翁。
前程万里,
毛羽需丰,
一旦奋飞何其雄!

[作者简介]

萧楚女（1893—1927）：原名树烈，湖北汉阳人，中国共产党党员。早年曾参加辛亥革命，1920 年参加利群书社。1922 年加入中国共产党。1922 年去四川省从事革命活动，主编《新蜀报》。1924 年年初回湖北开展学生爱国运动。同年再去四川开展革命工作。1925 年去上海，与恽代英同志共同主编《中国青年》。曾任广州农民运动讲习所教员、黄埔军校政治教官。

1927 年在广州"四一五"反革命大屠杀中，萧楚女壮烈牺牲，时年 34 岁。

[注释]

①奋飞曲：1921 年 9 月，萧楚女赴安徽宣城省立第四师范学校任教，工作期间写下这首《奋飞曲》。

②敬亭：敬亭山，中国历史文化名山，在宣城北郊。

③宛水：宛溪河，流经宣城市区的一条主要河流。

④高斋：高雅的书斋，这里指学校建筑。

⑤断粥：划断凝结的粥，引自范仲淹划粥断齑的典故。在这里，鼓励学子们要继承先贤刻苦求学的精神。

[解读]

萧楚女来到省立第四师范学校任教后，注重教学方法，在教学活动中不忘对学生宣传革命思想，深受学生们的喜爱。他的这首词，上阕写出了学校的自然之美，北有敬亭山，东有宛溪河，树木郁郁葱葱，可谓是山环水绕，环境清幽；下阕引用典故，勉励学子们要好好学习，要有远大的志向，要为了未来而奋斗，虽然他们现在只是年轻的学生，然而只要努力奋进，待到羽毛丰满的时候，必定能够为民族的独立、国家的富强做出自己的贡献。

这首词受到全校师生的喜欢，他们争相传颂，不久就被谱成曲，成为学校的校歌，传唱至今。

黄公略

诗 一 首

烟携孤鸟渡，

云拥半湖晴。

[作者简介]

黄公略（1898—1931）：原名汉魂，字家杞，湖南湘乡人，中国共产党党员，红军将领、军事家、中国共产党早期领导人之一。曾在黄埔军校高级班学习，参加广州起义，领导平江起义，在三次反围剿战役中屡建战功。曾任红五军副军长、红三军军长等职。

1931年率部转移到吉安东固地区，遭敌机袭击，腹部中数弹，壮烈牺牲，时年33岁。

[解读]

　　学生时代的黄公略聪明好学，不仅国文、算学成绩好，而且擅长画画。他曾画过一幅画，画上画着浩渺的湖水，湖上白云朵朵拥着一轮红日，一只鸟儿当空飞过。画上题着两句五言诗"烟携孤鸟渡，云拥半湖晴"，寓意云雾遮不住太阳的光芒，待到黎明时刻，太阳照常升起。小小年纪的黄公略眼中的中国，是民不聊生、充满黑暗的，所以他盼望着光明的到来。

黄 兴

回湘感怀

卅九年知四十非[①]，大风歌好不如归[②]。
惊人事业随流水，爱我园林想落晖。
入夜鱼龙都寂寂，故山猿鹤正依依。
苍茫独立无端感，时有清风振我衣。

[作者简介]

黄兴（1874—1916）：原名黄轸，后改名黄兴，字克强，湖南善化（今长沙）人，民主革命家，中华民国创建者之一。1896 年，考中秀才，被保送到两湖书院，毕业后作为选派留学生赴日留学，其间接受资产阶级民主革命思想。1905 年结识孙中山，参与创建中国同盟会，积极推动民主革命的发展，为推翻清政府的统治，建立中华民国做出重要贡献。

1916 年 10 月 31 日，在上海因病去世，时年 42 岁。

①卅九：卅是数字三十的中文代用字，卅九即三十九。
②大风歌：西汉开国皇帝刘邦所作诗歌。

[解读]

1912年10月25日，是黄兴39岁虚岁生日。这天他从上海乘船返回湖南，抵达长沙时，受到了家乡父老的热烈欢迎。此时虽是袁世凯掌权，但毕竟辛亥革命取得了成功，共和体制已经建立，黄兴不由得产生了功成身退的心绪。39岁已经能够晓得人间的是是非非了，大风歌虽好然而不如归隐家园更让作者倾心，那惊天动地的事业最终都如流水般逝去，作者最爱的还是家乡的园林，最想念的还是那落日余晖。入夜后，世界变得十分安静，故乡的山上，猿鹤齐鸣；一种浓重的思乡情结充斥作者内心，作者心中往事苍茫，感慨万端，而不时吹到衣襟上的清风则给作者以现实的触感。

这首诗满溢着对于家乡田园生活的热爱与大功告成后想要归隐家山的思想。

杨 超

男儿志在安天下

莫教桑麻困后人①，
浮云富贵不如贫②。
男儿志在安天下，
破旧山河再造新。

[注释]

①桑麻：泛指农作物或农事。

②浮云富贵：把富贵看成如浮云一般，指不重视名利，把金钱看得很轻，出自《论语·述而》："不义而富且贵，于我如浮云。"

[解读]

这首诗是杨超小学毕业时创作的，此时他还是一位学生，然而就有如此高的爱国热忱。他认为不能因为桑麻琐事而耽误了大事，他视富贵如浮云，拥有远大的理想，认为男儿的责任在于安定天下，要推翻旧的统治，建立崭新的世界。

这首诗体现了杨超远大的志向与爱国心，而他后来参加革命也实现了学生时代对自己的期许。

熊亨瀚

客中过上元节①

大地春如海，
男儿国是家。
龙灯花鼓夜②，
长剑走天涯。

[注释]

①上元节：即元宵节，是中国的传统节日，时间为每年农历
正月十五。

②龙灯花鼓：上元时，民间常以挂龙灯、打花鼓进行庆祝。

[解读]

这首诗是作者在为革命奔波的途中写下的，时值上元佳节，大地回春，万象更新，作者看到人们张灯结彩的样子，内心也感到喜悦。而他作为革命者，将以国为家，为了革命斗争而"长剑走天涯"。这首诗表达了作者舍己为人、舍家为国的坚定志向。

程晓村

梅　花

梅花，我爱你，
我爱你耐得寒冷呀！
梅花，我爱你，
我爱你带来了春天。
你振起我有为的精神①，
严冬中，不带一点枯黄的容颜。

[注释]

①有为：有所作为。

[解读]

梅花是"四君子"之首，"岁寒三友"之一，寓意高洁、坚强、谦虚的品格，激励人们坚强奋发。作者在这首小诗中，赞美了梅花不畏严寒迎风而立的品质，赞美梅花带来了春天的气息，梅花的坚强品质感染了作者，使他振作向上。